中国历代通俗演义故事·农闲读本

儒林外史

原著 吴敬梓
改编 陶 冶
插图 刘 岩 姚博峰

吉林出版集团股份有限公司

图书在版编目(CIP)数据

儒林外史 / 陶冶改编. —长春：吉林出版集团股份有限公司，2008. 11(2024.2 重印)
(中国历代通俗演义故事：农闲读本)
ISBN 978-7-80762-927-6

Ⅰ. 儒… Ⅱ. 陶… Ⅲ. 章回小说—中国—清代—缩写本 Ⅳ. I242.4

中国版本图书馆 CIP 数据核字(2008)第 165855 号

RULIN WAISHI
书　　名 **儒林外史**
出版策划 崔文辉
责任编辑 刘　洋
助理编辑 邓晓溪
出　　版 吉林出版集团股份有限公司
(长春市福祉大路 5788 号，邮政编码：130118)
发　　行 吉林出版集团译文图书经营有限公司
(http://shop34896900.taobao.com)
制　　作 猫头鹰工作室
电　　话 总编办 0431-81629909　营销部 0431-81629880
印　　刷 三河市华阳宏泰纸制品有限公司
开　　本 889×1194 毫米　1/32
印　　张 6
字　　数 103 千字
版　　次 2008 年 11 月第 1 版
印　　次 2024 年 2 月第 3 次印刷
标准书号 ISBN 978-7-80762-927-6
定　　价 49.80 元
(如有印装质量问题请与出版社调换。联系电话：13313168032)

前 言

《儒林外史》是18世纪我国文学史上的一部著名的长篇白话讽刺小说，它是我国古代讽刺文学的最高峰。作者吴敬梓(1701～1754)，字敏轩，号粒民。晚年自号文木老人。

吴敬梓生活在清代社会政治稳定的康乾时代，清王朝为了钳制社会思想，对明朝的八股取士制度进行了强化，当时的文人大多醉心于举业，除八股文外，其他一概不学。事实上，吴敬梓也出生于一个曾经显赫一时的科举世家，早年也曾醉心于科举。但到他出生时已经家道中落，早年曾考取秀才但随后的科举之路连连失败，家族衰败和个人失意使他饱尝世态炎凉，对现实有了清醒的认识；与官僚、名士的交往使他看透了他们卑劣的灵魂，尤其对八股取士的科举制度深恶痛绝，最终他彻底抛弃了功名之路。这也正是《儒林外史》的思想基调。

《儒林外史》假托明代故事，实际展示的是清代中叶的风俗画。他以文人的生活和精神状态为题材，并涉及当时的官场情态、人伦关系、社会风尚。作品开篇以写元明易代的王冕这一淡薄功名的榜样作为对比，紧接着描绘了两个封建科举之路上的典型文人：周进和范进。通过这两人中举前后的悲喜剧，辛辣地讽刺了这种把人弄得神魂颠倒的科举制度，揭示了科举制度对文人身心的毒害和这种制度本身的弊端。作品还描写了一群借助科举而功成名就的幸运儿，他们大多为官则贪赃枉法，为民则祸害一方。科举流毒不仅散布于文人之中，即使是闺阁女子和原本淳朴的下层人民也未能幸免，使他们不顾品行而疯狂追逐功名富贵。在这里，科举制度成为社会政治腐败和整个社会道德堕落、人伦纲纪败坏的根源。在讽刺科场禄蠹的同时，《儒林外史》也描绘了一批所谓的名士：他们或自命风流、或沽名钓誉、或招摇撞骗，表面脱俗，实则是因为科举之路受阻，就假托无意功名富贵，借此沽名钓誉。同时，吴敬梓也描绘了他理想中的儒者贤士的形象，并试图在市井中间找寻其理想中的完美人格。

《儒林外史》以其高度的思想艺术成就、精妙的讽刺手法，对文人命运和社会风俗进行了深刻揭示，将中国古典讽刺小说推向了最高峰，对晚清谴责小说和后世的讽刺小说产生了深远的影响。本书选择《儒林外史》中最具代表性的情节，以最具典型性的人物为中心，在基本尊重原著内容、结构、艺术风格的基础上，力图完美反映原著的思想精髓、完整体现当时的社会风貌、完满表达原作者的讽刺意图。能够改编此书并将这部精妙的小说重新呈现给读者，本人十分荣幸，望读者朋友给予批评和建议，谢谢！

编　者

目录

第一回

辞官归隐说王冕

人生的富贵功名都是身外之物，但人们一见了它们，便拼着性命去追求，等到手之后，往往又会觉得为此失去的太多。然而从古到今，又有哪个人能将富贵功名看破呢？虽然如此，在元朝末年，还是出现了一个光明磊落的人，他的名字叫王冕。

王冕家住浙江诸暨县的一个乡村，七岁时父亲去世了，靠母亲做些针线活来供他到村里的学堂去读书。十岁时，母亲将王冕叫到面前来说："孩子啊！不是我有心要耽误你上学，只是你父亲死后，我一个妇道人家，没有什么收入。年岁不好，柴米又贵，家里的旧衣服和旧家具，当的当，卖的卖，只靠着我替人家做针线活来赚钱，哪能供得起你读书？如今没有办法，隔壁人家雇你放牛，每月给你几钱银子，还供你饭吃，你明日就去吧！"王冕说："娘说的对。我在学堂里坐着，心里也闷得慌，不如去他家放牛，倒高兴些。假如我要读书，还可以带几本书一边放牛一边读。"于是母子俩就这样决定了。

第二天，母亲带他到隔壁的秦老爹家，秦老爹留他们母子两个吃过早饭后便牵出一头水牛来交给王冕，指着门外说："离这儿不远，就是七柳湖，湖边的草很茂盛，各家的牛都在那里放养。那儿还有几十棵粗大的垂杨柳，十分阴凉。牛要渴了，就在湖边饮水，你只在这一带玩儿，别走太远。老汉我每天两餐的饭菜是不少的，每日早上，还给你几个钱买点心吃。只是你做事要勤快些。"

母亲向秦老爹道了谢要回家去，王冕送出门来，母亲嘱咐他好好干活，然后含着眼泪回去了。

王冕从此在秦家放牛，每天直到黄昏才回家。有时秦家煮些腌鱼腊肉给他吃，他便拿荷叶包好带回家给母亲吃。每天的点心钱，他也不花，积攒了一两个月，就偷个空去村里的学堂，在小贩手里买几本旧书，每天把牛拴好后，就坐在柳树荫下看。

三四年之后，王冕已经从书中学到了不少道理。在一个夏天，天气闷热，王冕放牛累了，在绿草地上坐着。不一会儿，阴云密布，下起了大雨。雨过天晴之后，日光从黑云中间射出来，照得满湖通红，湖边的山上，风光十分优美，树枝都像水洗过一样，绿得可爱。湖里有十来枝荷花，花蕾上清水滴滴，荷叶上水珠滚来滚去。王冕看了心想："古人说的'人在图画中'的确不错！可惜这里没有人会作画，要是把这荷花画下来，该多有趣呀！"又一想："天下哪有学不会的事？我为什么不自己画呢？……"

从此，王冕开始攒钱，托人从城里买来颜料，学画荷花。最初他画得不好，练习了三个月之后，那荷花便形神兼备，就像是湖里天然生长的，又像才从湖里摘下来贴在纸上的。村里人见他画得好，就有人拿钱来买画。王冕就把卖画得到的钱，买些好东西来孝敬母亲。这件事传扬出去后，诸暨县的人都知道王冕是一个画没骨花卉的出色画家，争着来买他的画。到了十七八岁，他已经不在秦家放牛了，每天画几笔画，读古人的诗文，王冕母子的生活渐渐好了起来。

王冕天性聪明，不到二十岁，就已经十分博学，天文、地理、经史子集，都十分通晓。但他性格孤傲，既不愿做官，又不结交朋友，整天闭门读书。他照着《楚辞图》上屈原的样子，自己做了一顶很高的帽子，一件宽大的衣服，在阳光明媚的春天，乘着牛车，载着母亲，到处游玩。惹得乡下孩子们三五成群地跟着他笑，他也不在意。只有隔壁秦老爹，因为是看着他从小长大的，觉得他言行举止不流俗，所以喜爱他，时常和他在草堂里聊天。

一天，王冕正和秦老爹聊天，只见外边走进一个人，头戴瓦楞帽，身穿青布衣服。秦老爹迎上去请他坐下。这人姓翟，是诸暨县衙门的差役和买办，在官府中负责采购和杂务。因为秦老爹的儿子秦大汉是他的干儿子，所以他经常来乡下看望秦老爹这个亲家。秦老爹忙叫儿子泡茶、杀鸡、煮肉款待他，并请王冕作陪。大家做过自我介绍以后，翟买办说："这位王相公，就是会画没骨荷花的吗？"秦老爹说："就是他。亲家，你怎得知道？"翟买办说："县里人哪个不知道？因为前几天县太爷要画二十四幅花卉册页送给自己的上司，这件差事由我负责经办。我听说了王相公的大名，所以才来找您。

今天正好遇到王相公，请您给画一画。在下半月后下乡来取。老爷少不了给您赏钱，到时候我给您一起送来。”

秦老爹也劝说王冕，王冕只得答应，回家用心画了二十四幅花卉，并且在上面题了诗。翟买办回到衙门禀报了知县时仁，时知县拿出二十四两银子来。翟买办取画册时克扣了十二两，只拿了十二两银子送给王冕。时知县又准备了几样礼物，连同王冕的画册一起送给自己的一个叫危素的上司，危素接受了礼物，把这本画册看了又看，非常喜欢。第二天，准备了一桌酒席，答谢知县。喝酒时，危素问时知县画册的来历，时知县不敢隐瞒，只得实话实说。危素听完后感叹说：“我离开家乡太久了，故乡有这样的人才，我竟然不知道，真是惭愧！这个年轻人才华出众，有见识，将来的名声与地位不会在你我之下，不知道你可不可以约他来与我见一面？”时知县连忙回答说：“这个不难！学生我这就回去，派人去请他，他听见老师您欣赏他的才能，一定会喜出望外。”说完，辞别危素，回到衙门，派翟买办拿着请帖去请王冕。

翟买办到秦老爹家，将王冕找来，一五一十地向他说了。王冕笑着说：“请您回禀县太爷，说王冕不过是一个农夫，不敢去，这请帖也不敢领。”翟买办变了脸色说：“老爷发请帖请人，谁敢不去！况且这件事原本是我照顾你的，不然，老爷怎么会知道你会画花？按理说，见过老爷后你还该重重地谢我才是！现在你却说什么也不肯去，这是什么道理！叫我如何回禀老爷？难道老爷作为一县之主，叫不动一个百姓吗？”王冕回答说：“买办，你不知道。假如我做错了事，老爷拿票子传我，我怎么敢不去？如今拿请帖来请，也就不是逼迫我的意思，我不愿去，老爷也会原谅我的。”翟买办说：“这是什么话！票子传着，倒要去；请帖请着，倒不去！真是不识抬举！”秦老爹也劝他：“王相公，老爷拿请帖请你是好意，你就去吧。况且得罪县太爷总不是好事。”王冕说：“秦老爹，您是了解我的，我真的不愿意去。”秦老爹见王冕坚持不去，只好给翟买办出主意让他说王冕生了病，暂时不能来，过一两日病好了就来。秦老爹又准备饭菜招待翟买办，并暗中叫王冕出去向母亲要了三钱二分银子，送给他，翟买办这才回去禀报时知县。

时知县知道王冕生病不能来，心里想：“这小子怎么可能生病！恐怕是翟买办这个奴才，狐假虎威，吓得他不敢来了。我不如亲自到乡下去请他，他怎么能拒绝？我顺便带他见老师，老师也一定夸我办事勤奋，为人聪敏。况且我礼贤下士，将来书上少不得称赞我，这真是名扬万古的好事。”

第二天，时知县带着八个差役，坐着轿子来到乡下。乡里人听见锣声，都来看热闹。轿子到了王冕家的草屋前，只见一扇白板门紧紧关着，翟买办忙去敲门。敲了一会儿，里面一个老婆婆拄着拐杖出来说：“他不在家，清早就牵牛出去饮水，还没回来。”翟买办说：“老爷亲自在这里传你儿子说话，还不快点说出他在哪里，我好去传！”那老婆婆说：“不在家里，不知道在哪里。”说完，关门进去了。翟买办于是连忙回去禀报，然后扶着轿子，绕到王冕家屋后。

到了屋后，他看见远处有一个牧童，就赶紧上去问道：

“秦小二,你知道隔壁的王老大在哪儿吗?”秦小二回答说:“您是问王大叔吗?他到二十里外王家集的亲家那里喝酒去了。这牛就是他的,他求我替他牵回家来。”翟买办只好又回去禀报。此时时知县心里十分恼怒,本来想立刻派人捉拿了王冕,又怕危素说他暴躁,只好回衙门,准备回禀危素说这个人不识抬举,过后再处治王冕。

实际上,王冕并没去王家集,知县一走,他就回来了。秦老爹担心地说:“你呀,怎么能怠慢县太爷呢?这恐怕不好吧!”王冕说:“老爹请坐,我告诉你。时知县仗着危素的势力,为所欲为。这样的人,我为什么要结交他?他回去一定向危素说我的坏话,危素恼羞成怒,恐怕会和我计较起来。所以我要暂时出去避一避,只是放心不下母亲。”王冕的母亲说:“孩子!这些年你卖诗卖画,我也攒了三五十两银子,柴米不愁没有;我虽然年老,但没有疾病,你放心走吧!况且你没犯罪,难道官府会来抓你的母亲?”秦老爹也说:“这话说的有理。你离开乡下到大地方去走走,说不定能干出一番大事业,你家的事就包在我老汉身上。”王冕拜谢了秦老爹。

秦老爹又拿出酒菜,给王冕送行。第二天五更,王冕起来收拾行李,吃了早饭,含着眼泪同母亲和秦老爹告别,然后穿上麻鞋,背上行李。秦老爹提着一个小白灯笼送出村口,直到看着他走远了,连背影也看不见了才回去。

王冕一路上风餐露宿,来到了十分繁华的山东济南府。他的路费很快花光了,只得租个小屋,靠算卦和卖画为生。转眼间,过了半年。济南府里有几个财主也爱王冕的画,经常派手下来买，那些手下十分粗野，动不动大呼小叫。王冕不耐烦，就画了一头大牛贴在那里，又题了几句诗在上面，来讽刺他们，并且准备搬家。

一天清早，王冕才在店里坐定，只见许多面黄肌瘦、衣衫褴褛的人，有的挑着锅，有的挑着孩子，有坐在地上乞讨的，也有哭着在街上走过的。原来黄河沿岸的州县被河水淹了，这些都是逃荒的百姓，官府也不管他们。王冕看见这种情况，叹了一口气说："河水北流，天下将要大乱了，我还在这里干什么！"他将散碎的银子包好，收拾行李回家。走到浙江境内，打听到危素已回到朝廷，时知县也升官上任去了。于是他放心回家，拜见母亲。看见母亲身体健康，他十分高兴。得知秦老爹一直在帮助他家，他连忙打开行李，取出一匹茧绸，一包柿饼，拿过去谢了秦老爹。秦老爹又准备酒菜给他接风。

从此，王冕每天吟诗作画，照顾母亲。六年过去了，母亲生病了，王冕求医问药，然而总不见效。一天，母亲嘱咐王冕说："我恐怕不行了。许多人都对我说你是有学问的人，该劝你出去做官，说做官是光宗耀祖的事。可是，依我看那些做官的都没有什么好下场。况且你的性格高傲，如果弄出祸来，反而不好。孩子，你听娘的遗言，将来娶妻生子，守着我的坟墓，不要出去做官。我死了，也能放心！"王冕哭着答应。母亲去世了，王冕哭得非常伤心，秦老爹帮王冕准备丧事，王冕亲自为母亲挖掘坟墓，并且守孝三年。

不久以后，天下就大乱了。方国珍占据了浙江，张士诚占据了苏州，陈友谅占据了湖广，他们都是草莽英雄。而朱元璋也起兵滁阳，攻下了金陵，自立为吴王。随后他又打败了方国珍，占领了整个浙江。

一天中午，王冕刚给母亲扫墓回来，只见十几个人骑马来到他生活的村庄。为首的那个人气度不凡。那人到了王冕家门前下了马，向王冕施礼说："请问哪里是王冕先生的家？"王冕说道："在下就是王冕，这里便是我的家。"那人高兴地说："这样的话真是太好了，我是特地来拜见您的。"于是吩咐随从下马，把马都系在湖边的柳树上，自己则单独和王冕进到屋里，互相行过礼后坐下。

原来，这个人就是后来的明太祖朱元璋，当时他还是吴王，刚刚平定浙江。他听说王冕饱读诗书、博学多才，特地来请教收服浙江民心的方法，王冕说："大王是有远见卓识的，不需要小民多说。如果对百姓施以仁义，不只是浙江人，什么人会不服呢？如果用武力压服人，浙江百姓即使柔弱，恐怕也不会甘心遭受侮辱。"吴王叹息着，称赞王冕。两人谈到日落，吴王才离开。

几年后，吴王统一了天下，建立明朝，年号洪武。百姓个个安居乐业。到了洪武四年，秦老爹从城里回来对王冕说："危老爷因为犯了罪，被发配到和州去了，我带了一本邸报来给你看。"王冕接过来一看，才知道危素在皇帝面前自称老臣，妄自尊大，皇帝大怒，把他发配到和州守元代名臣余阙的墓去了。此外，邸报上还有一条写的是礼部制定的选拔官吏的制度：三年一科，用四书、五经以及八股文写得是否好作为标准来选拔官吏，也就是八股取士制度。王冕指着这一条对秦老爹说：“这个办法定得不好。将来读书人将八股文作为升官的道路，把真才实学和个人的品德都看得轻了。”

不久后有人传说：朝廷发下公文给浙江布政司，要聘王冕出来做官。开始王冕还不在意，后来渐渐说的人多了，王冕没有通知秦老爹，私自收拾行李，连夜逃往会稽山中。半年之后，朝廷果然派来一位官员，捧着诏书，带领许多人和礼品来找王冕，秦老爹领着那个官员来到王冕家，推开了门，见屋子里到处都是蜘蛛网。知道王冕离开家很久了，于是那个官员只能叹息着，带着诏书回去了。

王冕隐居在会稽山中，从未透露过自己的真实姓名，后来他得病去世了，山里的邻居们筹集了一些钱，将他葬在会稽山下。同一年，秦老爹在家中安详地去世了。可笑的是近来的文人在谈起王冕时，都称呼他为王参军，可是王冕到底什么时候做过官呢？

第二回

飞黄腾达说周进

明朝成化末年，山东兖州府汶上县有个乡村，叫作薛家集。村里的百十来户人家，都靠务农为生。村口有一个观音庵，观音庵除了有三间正殿之外，还有十几间空房子，后门有一条小河流过。这个庵的香火很旺，却只住着一个和尚。村里凡是有公事，都在庵里共同商议。

这年新年的正月初八，以申祥甫为首的村民们聚集在村口河边的观音庵商议“闹龙灯”的事情。其间谈到由于村中有几个孩子已经长大，需要请一位教书先生。负责处理纳税和劳役事务的夏总甲提议说：“先生倒有一个，你猜是谁？就是我们衙门里顾老相公家请的一位先生。姓周，叫周进。年纪六十多岁，在县里的考试曾经得过第一名，只是还没考中秀才。顾老相公请他在家里做教书先生已经有三个年头了，他家的顾小公子去年就中了秀才，和咱们镇上的梅三相公一起中的。顾小公子中秀才那天，顾老相公将周先生请来，还亲自敬他三杯酒呢！你们要请教书先生，我替你们把周先生请来。”大家都说：“好！”第二天，夏总甲找周进商量，每年的薪水定为十二两银子，学校设在观音庵，每天用二分银子在庵里的和尚那儿吃住，周进很高兴地答应了，约定灯节后下乡，正月二十正式开馆。

到了十六日，村民们凑份子，在申祥甫家为周进办宴会，并请刚考中秀才的梅玖，也就是梅三相公作陪。梅玖头上戴着新方巾，早早到了。快到中午的时候，周先生才来。听到门外狗叫，申祥甫走出去把周进迎了进来。只见周进头戴一顶旧毡帽，身上穿着黑绸的旧长衫，那右边袖子，同后衣襟都破了，脚下穿一双旧大红绸鞋。面色黑瘦，胡子花白。申祥甫将他请进堂屋，梅玖才慢慢地站起来和他施礼。周进谦让着不肯让年轻的梅玖给他作揖。梅玖讥讽地说道："大家不知道我们学校规矩，老友是从来不给小友作揖的，只是今天不同，还是周兄先请吧。"原来明朝士大夫，称儒学生员也就是秀才为"老友"，称童生为"小友"；如果童生中了秀才，哪怕十几岁，也称为"老友"，如果没考中秀才，就是到了八十岁，也称为"小友"。就如女子嫁人：如果嫁给人家做正室夫人，那么嫁时称为"新娘"，后来称呼"奶奶"或"太太"，就不叫"新娘"了；若是嫁与人家做妾，就算到头发白了，还要唤作"新娘"。梅玖借此来讥笑周进这个六十多岁还没考中秀才的老童生。

周进听他说这样的话，倒不和他谦让了，梅玖给他作了揖。大家也都互相施过礼坐下。只有周进、梅玖二人的茶杯里，有两枚生红枣，其余的都是清茶。喝过了茶，摆了两桌酒席，大家按顺序坐下。喝完一杯酒，端上来八九个碗，都是猪头肉、公鸡、鲤鱼、肚、肺、肝、肠之类的。申祥甫叫了一声：

“请!”大家一起举筷,风卷残云一般,一会儿饭菜就吃没了一半,可是周先生却一筷子也没动。申祥甫问:“今天先生为什么不吃啊?”于是拣好的夹了过来。周进拦住说:“实不相瞒,我长期吃斋。”也就是常年吃素,大家感到奇怪,周进解释说:“当年家母生重病,我在观音菩萨面前许下愿,到现在已经吃了十几年的斋了。”梅玖说:“因为先生吃斋,我倒想起一个笑话,是前几天我在顾老相公家听见的有个做先生的一字至七字诗。”大家都停了筷子听他念诗。他便念道:“呆！秀才,吃长斋,胡须满腮,经书不揭开,纸笔自己安排,明年不请我自来!”念完说道:“像我这周长兄,有大才学,自然是不呆的了。”又掩着口说:“秀才,指日可待。只是‘吃长斋,胡须满腮’竟被他说中了!”说完,哈哈大笑,大家一齐笑起来。

周进不好意思,申祥甫连忙斟了一杯酒说:“梅三相公该罚一杯,顾老相公家的教书先生就是周先生。”梅玖说:“我不知道该罚不该罚？但这个笑话,不是说周长兄,而是说一个秀才。但吃斋也是好事。以前我有一个舅舅,也常年吃斋,后来中了秀才,凭周长兄的学识,今年秋季,准能考中!”大家听他说得吉利,都斟酒提前祝贺周进,周进羞红了脸,可也得感谢大家,把酒接在手里。

不一会儿,汤和点心端了上来,一盘实心馒头,一盘油煎扛子火烧。大家都说:“这点心是素的,先生吃几个!”周进怕汤不是素的,所以要来茶就着点心吃。梅相公则一边吃着火烧一边吹嘘:“做梦有时也很准哩！今年正月初一,我梦见天上的太阳正好掉了下来,压在我的头上,惊得我出了一身的汗，醒了摸一摸头，好像还有些热。那时不知什么原因，现在回想起来，真是好兆头！”大家吃完点心，又喝了些酒，直到天黑，梅玖才回去。申祥甫拿出一套蓝布被褥，送周先生到观音庵里休息。

开学那天，申祥甫带着大家，领着七八个孩子来拜见周进。周进收了各位家长的见面礼。晚上，将作为教书薪水的见面礼仔细清点过后，发现这些钱加起来竟然不够一个月的饭食，但也无可奈何。而那些孩子，就像蠢牛一样，一时照顾不到，就溜到外边去玩耍踢球，淘气得不得了。周进只得耐着性子教导。

一晃两个多月过去了，天气渐暖。周进吃过午饭，开了后门出来，到河沿上散步。这里虽然是乡村，河边却有几株桃花和柳树，红红绿绿的，十分好看。不一会儿，天上下起了蒙蒙的细雨，周进见下雨，转身走到门内，望着雨下在河里，烟笼远树，景致更妙。雨越下越大，正要回到庵中，却见河上有一只芦苇顶棚的船冒着雨漂过来。船渐渐靠近河岸，周进看见船舱中坐着一个人，船尾坐着两个随从，船头上放着一担食盒。快靠岸时，那个人大叫船家停船，带领随从，走上岸来。

只见那个人头戴方巾，身穿宝蓝缎的长衫，脚下穿粉底皂靴，三绺胡须，大约三十多岁。走到门口，向周进举一举手，边走边说道：“原来是个学堂。”周进跟了进来作揖，那人还了个半礼问：“你就是先生？”周进说：“正是。”那人问随从：“和尚在哪儿？”正说着，和尚忙走了出来拜见他说：“原来是王大爷。请坐,我去给您沏茶。”转过脸来对周进说:“这位王大爷是前科新中的举人,先生陪他坐坐,我去拿茶。”

那王举人也不谦让,随从摆了一张凳子,他就在上首坐了,周进在下面陪着他闲聊,正说得热闹,一个小学生送来作业,周进叫他放在桌子上,王举人说:“没关系,你只管去批作业,我还有别的事。”周进只得去批作业。王举人一边吩咐随从把船上的食盒挑了上来,一边对周进说:“我刚刚上坟回来,没想到遇着大雨,耽搁一夜。”说着,猛一回头,一眼看见那小学生的作业上的名字是荀玫,不觉吃了一惊,咂着嘴,脸上做出许多怪样。周进又不好意思问他,批完了作业,依然陪他坐着。他就问周进:“刚才这小学生几岁了?”周进回答说:“他才七岁。”王举人问:“这名字是你替他起的?”周进说:“这名字不是晚生起的。是他父亲请求集上新进秀才梅玖相公替他起的,梅相公说自己的名字叫作玖,也替他起个‘王’旁的名字,以便得一个好兆头,将来也能中秀才。”王举人笑着说:“说起来这是一个笑话:我今年正月初一,梦见看会试的榜,我的名字在上面是不必说了,那第三名也是汶上县人,叫作荀玫,竟同这个小学生名字一样。”说完,就哈哈大笑起来道:“可见做梦并不准!况且考取功名这样的大事,要看文章写得好不好,哪里有什么鬼神?”周进说:“老先生,梦也有准的:前几天我遇见梅相公,他说也是正月初一,梦见一个大红太阳落在头上,他这年就中了秀才。”王举人说:“这话就更不准了。他才中了个秀才,就有太阳落在他头上,像我这样中了举人,不是该连天都要掉在我头上吗?”

两个人说着话，不知不觉天已经黑了，王举人的管家捧上酒和饭菜，鸡、鱼、鸭、肉，堆满桌子。王举人让也不让周进，只顾自己大吃大喝。此时老和尚也给周进端来饭菜，一碟老菜叶、一壶热水，周进就这样吃了。随后各自休息去了。第二天早上，天已经晴了，王举人起来洗了脸，穿好衣服，拱一拱手，上船去了，留下的是撒了一地的鸡骨头、鸭翅膀、鱼刺、瓜子壳，周进昏头昏脑地扫了一早晨。

然而，令周进意想不到的是，王举人与周进闲聊时说到的自己曾经梦见同荀玫一同考中了进士的事不知怎么传了出去，薛家集的人都晓得村里的大户荀家的孩子是县里王举人的同榜进士，成了一个笑话。荀玫的同学都跟在他身后起哄，叫他“荀进士”，村里的大人心中不平，就偏要在荀玫父亲跟前恭喜，说他是个“封翁太老爷”，把这个荀老爷气得有口难辩。申祥甫背地里又向众人说道：“哪里是王举人亲口说这番话！这就是周先生看见咱们村里只有荀家有几个钱，捏造出这话来奉承他，图他家逢年过节多送两盒东西。俺前日听见说，荀家炒了些面筋、豆腐干，送到庵里；又送了几回馒头、叉烧包，就是这些缘故了。”从此，大家都不喜欢周进，周进教书先生的地位也不再牢靠，只是众人看着夏总甲的面子，不好辞退他，将就混了一年，后来夏总甲也嫌他呆头呆脑，不知道常来表示感谢，便由着众人把他辞退了。从此，周进的日子过得更加艰难了。

一天，周进的姐夫金有余来看他，劝他说：“小舅子，别怪我说你：这读书求功名的事，想必是很难的！人生在世，总得找碗饭吃，你这样下去怎么行？我现在同几个人到省城去做买卖，差一个记账的人，你同我们一起去吧！你孤身一人，和大家在一起，还能少了你的吃穿？”周进听了这话，想到自己已是“瘫子掉在井里，捞起来也是坐”，只好答应了。

金有余选了个黄道吉日，同一伙商人出发，来到省城杂货行里住下。周进无所事事，在街上闲逛。看见很多修理贡院的工匠。于是跟随他们到贡院门口，想凑近去看，被看门的用大鞭子打了出来。晚上对姐夫说，要去看看。金有余只得拿出几个小钱，其他商人也一起去看，又央求杂货行的主人带路，到了贡院门口将钱献给看门的门头，才得以进门。

贡院内有许多条按千字文编号的小巷，每一条小巷都由几个叫作号房的小房间组成，考试时一个号房里只有一个考生。每个号房内又有两块木板，叫作号板，一块支起来当桌子，另一块支起来当座椅。周进来到“天”字号房间，看见摆得整整齐齐的两块号板，想到自己努力半生，至今也没能踏上功名之路，不禁触景生情，悲痛不已，眼睛里一阵酸酸的，长叹一声，一头撞在号板上，直僵僵的不省人事。大家都慌了，以为他是中了邪，慌忙往他口里灌开水，灌了下去，喉咙里咯咯地响了一声，吐出一口痰来。大家扶着他坐起来，周进看看号板，又一头撞了去，这回不死了，而是趴在号板上不停地哭，还满地打滚，哭得大家心里也难过起来。金有余见这样不好，于是同杂货行的主人一左一右，架着他的膀子。他却不肯起来，哭了一阵又一阵，直哭到口里吐出鲜血来。大家七手八脚，将他抬了出来，在贡院前一个茶棚子里坐下，

悲周进触景生情撞号板

劝他喝了一碗茶，他还是默默流泪，伤心不已。

其中一个商人问："周相公有什么心事，为什么这样大哭起来？"金有余解释说："各位有所不知，我这小舅子，本来不是生意人。他苦读了几十年的书，秀才也没中上，今天看见贡院，就伤心起来。"这句话说出了周进的心事，于是他不顾面子，又放声大哭起来。又有一个商人说："说起这件事，也该怪金老板您，周相公既然是读书人，为什么带他出来做这样的事？"金有余说："我也是想帮他的忙，他现在身无分文。"又一个商人说："看您小舅子也是有才学的，只是没人赏识，才走到这个地步。"金有余叹息着说："他是有才学的，可惜时运不济！"那商人说："监生也可以进场考试。周相公既然有才学，怎么不捐一个监生？进场考中了，也是一桩好事。"原来，当时国家最高学府国子监出来的学生叫监生，监生和秀才都可以考举人。后来人们也可以花钱买监生资格，这样一来，没有秀才功名的人也可以去考举人。

这时周进止住了哭。金有余说："我也是这样想，只是哪里有钱呢？"那个商人接着说："这也不难，我们几个每人拿出几两银子，借给周相公捐个监生，如果考中做了官，几两银子算什么？即便考不中，我们跑江湖的人，哪儿还不花几两银子呢？况且这是好事，各位觉得怎么样？"大家一起说："'君子成人之美'。"又有人说："'见义不为，是为无勇。'我们怎么会不答应！"周进听了，爬到地上，就磕了几个头，说道："如果真是这样，各位就是我的再生父母，我周进变驴变马，也要报效！"大家都还礼。金有余也谢了众人，又喝了几碗茶。周进不再哭了，同众人说说笑笑，回到杂货行。

第二天，四位商人果然准备了二百两银子，交给金有余，其余的费用都是金有余出的。周进谢了众人和姐夫，杂货行主人替周进准备了一桌酒席，请大家喝酒。金有余将银子送到衙门的库房保存，把收据拿了回来。这时候，正赶上省里负责乡试的宗师来山东对那些参加过乡试却没被录取的生员进行补考，周进凭借捐来的监生资格，在这一年的八月初八进了考场，常言说："人逢喜事精神爽。"那七篇文章，做得花团锦簇一般，出了考场，仍然住在杂货行里，这时金有余同那几个商人还没将货卖光。放榜那天，周进竟然考中了举人。大家都很高兴，一起回到汶上县拜见县太爷和管理考试的学师。县里的小官也拿着写有晚生字样的帖子上门来祝贺。顷刻间，汶上县的人，不是亲戚的也来认亲，不是朋友的也来认作朋友，周进迎来送往，忙了一个多月。不久以后，姐夫金有余为他准备路费和衣服，让他上京参加会试，又中了进士。三年以后，升了御史，被皇帝钦点为广东学道，从此飞黄腾达。

第三回

幸运中举说范进

广东学道周进上任以后虽然也请了几个评定文章的先生，但心里却想："我在这里面吃苦久了，如今自己当权，要把卷子都细细看过，不能只听幕僚们的话，屈了真才。"

到任第二天，他先考了两场生员。第三场是南海、番禺两县童生。周学道坐在堂上，看见那些童生走进来，有年轻的，也有年老的；有仪表端正的，也有獐头鼠目的；有衣冠整齐的，也有褴褛破烂的。最后进来一个老童生，面黄肌瘦，花白胡须，头上戴一顶破毡帽。广东虽然气候温暖，可这时已经是十二月上旬，那童生还穿着破烂的麻布衣服，冻得发抖，接了卷子，去自己的号房答卷。没过多久，只见那穿麻布衣服的童生上来交卷，他的衣服早已烂了，在号房里又扯破了几块。周学道看看自己身上穿着崭新的绸缎官服，辉煌耀眼。他翻一翻点名册，问那童生说："你就是范进？"范进跪下回答："童生就是。"学道问："你今年多大年纪了？"范进说："童生册上写的是三十岁，其实是五十四岁。"学道问："你考过多少回了？"范进答道："童生二十岁应考，到今考过二十多次。"学道又问："为什么总是不中？"范进回答说："因为童生我的文章用词荒谬，所以各位大老爷没有录取。”周学道说：“这也未必。你先出去，我会细看你的卷子。”范进磕头下去了。

离这场考试结束的时间还早，并没有童生交卷，周学道于是将范进的卷子用心看了一遍，很不喜欢他写的文章，心想：“这样的文章，都说的是些什么话！怪不得考不中。”丢到一边不看了。又坐了一会儿，还不见一个人来交卷，心里想道：“何不把范进的卷子再看一遍？倘有一线希望，也可怜他的一把年纪。”于是从头至尾，又看了一遍，觉得有些意思，正要再看，有一个童生来交卷。

那童生跪下说道：“求大老爷面试。”学道和颜悦色地说：“你的文章已在这里了，又面试些什么？”那童生说道：“童生诗、词、歌、赋都会，求大老爷出题面试。”学道变了脸色说道：“当今天子重文章，足下何须讲汉唐？像你做童生的人，只该用心做文章，那些杂览，学他做什么？况且本道奉旨到此主持科考，难道是来此同你谈杂学的吗？看你这样务名而不务实，那正务自然荒废，写出来的必定都是些粗心浮气的话，看不得了！左右！赶了出去！”一声吩咐过了，两旁走来几个如狼似虎的官差，把那童生胳膊叉着，一路叉到大门外。周学道虽然赶他出去，却也把卷子取来看看。那童生叫作魏好古，文字也还清通。学道想：“把他也排在后面录取了吧。”于是取过笔来，在卷子尾上点了一点，做个标记。又取过范进的卷子来看，看罢，不觉叹息道：“这样的文字，连我看一两遍也不能理解，直到三遍之后，才晓得是天地间之至文，真乃一字一珠！可见世上糊涂的主考官，不知屈煞了多少英才！”忙取笔细细圈点，卷面上加了三圈，定为第一名，又把魏好古的卷子取过来，定为第二十名。将各卷汇齐，带了进去。

发榜那天，范进是第一。拜见周学道时，周学道把他表扬了一番。点到第二十名，魏好古上去，又勉励了几句“用心举业，休学杂览”的话，送了出去。第二天周进启程回京，范进独自把他送到三十里之外，在轿前恭送。周学道把他又叫到跟前，说道：“‘龙头属老成。’本道看你的文字，火候到了，此番科考过后，一定发达。我就在京城等候你吧。”范进磕头谢恩，周学道的轿子一拥而去。范进站起来，直到连影子也看不见了，才回到住处收拾行李连夜回家，向母亲和妻子报喜。

范进家里是茅草盖成的一间正屋和一间堂屋，门外是个茅草棚。正屋由母亲住，他同妻子住在堂屋。范进的妻子是胡屠户的女儿，他考中秀才回家，母亲和妻子都很高兴，正要烧火做饭，只见他岳父胡屠户，手里拿着一副大肠和一瓶酒，走了进来。范进向他作揖，请他坐下。胡屠户说：“我倒了霉运，把个女儿嫁给你这穷鬼，这么多年，不知连累了我多少，现在不知道我积了什么德，挈带你中了个秀才，所以带瓶酒来祝贺你。”范进答应着，叫妻子把肠子煮了，烫起酒来，在屋外的茅草棚里坐下。胡屠户又教训女婿说：“你如今中了秀才，凡事要立起个规矩来。我在这行业里是有脸面的人，又是你的长辈，你怎么敢在我们面前装大？如果是家门口这些种田的、扒粪的平民百姓，你和他们拱手作揖，平起平坐，这就是坏了规矩，连我脸上都无光。你是个忠厚没用的人，所以这些话我不得不教导你，免得惹人笑话。”范进道：“岳父教训的是。”胡屠户又道：“亲家母也来这里吃饭。老人家每天粗茶淡饭也够辛苦的。我女儿也吃些，自从进了你家的门，这几十年，连猪油也没吃上几回。可怜！可怜！”说完，婆媳两个，都来吃饭。吃到傍晚，胡屠户喝得醉醺醺的，范进母子千恩万谢。屠户披着衣服，挺着肚子回去了。

第二天，范进少不得拜访拜访乡邻。魏好古又约了一个同案的朋友，彼此来往。因为这一年是乡试年，大家做了几个文会。很快到了六月末，一同考中秀才的同案约范进去参加乡试。范进没有路费，就去同岳父商议，被胡屠户一口唾沫吐在脸上，骂了一个狗血喷头：“不要得意忘形了！你觉得自己中了一个秀才，就‘癞蛤蟆想吃天鹅肉！’我听见人说，就是中秀才时，也不是你的文章好，还是宗师看见你老，过意不去，赏给你的，现在竟然想起做举人老爷来！那些中举人做老爷的，都是天上的文曲星，你没看见城里张府上那些老爷，都有万贯家私，一个个方面大耳。像你这尖嘴猴腮，也该撒泡尿自己照照，不三不四，就想吃天鹅肉！趁早收了这心，明年在我们的行当里，替你寻一个馆，每年赚几两银子，养活你那老不死的娘和你老婆才是正经！你管我借盘缠，我一天杀一头猪，还赚不到一钱银子，都被你丢在水里，叫我一家老小喝西北风？”一顿夹七夹八地大骂，骂得范进摸不着门。

辞别岳父回来，范进无论如何也不甘心，自己心里想：“宗师说我火候已到。自古无场外的举人，如不进去考他一考，如何甘心？”就去和几个同学商量，瞒着岳父到城里参加乡试。出了考场，立刻回家。家里已经饿了两三天，被胡屠户知道，又骂了一顿。

到出榜那天，家里没有早饭米，范进只好拿着一只生蛋的母鸡到集市上去卖。去了不到两个时辰，家里忽然听见锣响，三匹马闯了进来，那三个人下了马，把马拴在茅草棚上，高声叫道："快请范老爷出来，恭喜高中了！"母亲不知是什么事，吓得躲在屋里，听见中了，才敢伸出头来说道："诸位请坐，小儿刚才出去了。"那些报喜的人说："原来是老太太。"大家簇拥着要喜钱。正在吵闹，又是几匹马，二报、三报也到了，挤了一屋子的人，茅草棚地下都坐满了。邻居都来挤着看。老太太没办法，只得请一个邻居去找他儿子。那邻居飞奔到集市上，到处找不到，直找到集市东头，见范进抱着鸡，手里插个草标，踱着步子，东张西望，寻找买主。邻居说："范相公快回去！恭喜你中了举人，报喜的挤了一屋子哩。"范进以为这是在哄骗他，于是假装没听见，低着头往前走。邻居见他不理，走上来就要夺他手里的鸡。范进说："你抢我的鸡干什么？你又不买。"邻居说："你中了举人，叫你回家去打发报喜的人哩。"范进说："你晓得我今天没有米，要卖这只鸡去救命，为什么拿这话来骗我？我不和你玩，你自己回去吧，别耽误了我卖鸡。"邻居见他不信，伸手把鸡夺了，摔在地下，把他拉了回来。报喜的人见了他说："好了，新贵人回来了！"正要拥着他说话，范进三步并作两步走进屋里来，见中间报帖上写着自己高中广东乡试举人第七名，范进不看则已，看了一遍，又念一遍，自己把两手拍了一下，笑了一声说："噫！好了！我中了！"说着，往后一跤跌倒，牙关咬紧，不省人事。

老太太慌了，忙给他灌了几口水，他爬起来，又拍着手大笑道："噫！好了！我中了！"笑着，不由分说，就往门外飞跑，把报喜的人和邻居都吓了一跳。走出大门不远，一脚踹在池塘里，爬起来，头发都散了，满手黄泥，湿漉漉的一身水，众人

范进五旬中举乐得发疯

拉不住他。他拍手笑着，一直走到集市上去了。

众人大眼瞪小眼，一起说："原来新贵人欢喜得疯了。"老太太和妻子胡氏哭着，不知道怎么办才好。邻居们劝说道："老太太不要心慌，我们先派两个人跟着范老爷。这里大家拿些鸡蛋、酒、米，先款待报喜的老爷们，其他的事再商量。"于是邻居们有拿鸡蛋来的，有拿白酒来的，也有拿米来的，也有捉两只鸡来的。妻子胡氏边哭边准备饭菜，拿到草棚下，邻居们又搬些桌凳，请报喜的坐着喝酒吃饭，商量着说："他疯了，这该怎么办？"其中一个报喜的人说道："我倒有一个主意，范老爷平日有没有最怕的人？可能是因为他太高兴，痰涌上来，迷了心窍，现在只要他怕的这个人来打他一个嘴巴，说'这报喜的话都是哄你，你没考中。'他吃了一惊，把痰吐了出来，就明白了。"众人都拍手说道："这个主意好！范老爷怕的，莫过于他的岳父胡老爹。好了！快把胡老爹找来！他恐怕还不知道，在集上卖肉哩。"又一个人说："他五更就去东头集上买猪了，还没回来，快点去找他！"

一个人飞奔去找，走到半路，遇见胡屠户回来，后面跟着一个随从，提着七八斤肉，四五千钱，正来贺喜。进门见了老太太，老太太哭着告诉了他事情的经过，胡屠户吃惊地说："难道这样没福？"外边的人请他出来，胡屠户把肉和钱交给女儿，走了出来，大家同他商议。胡屠户为难地说："虽然是我女婿，现在却做了举人老爷，就是天上的星宿；天上的星宿是打不得的。打了天上的星宿，阎王就要捉去打一百铁棍，发在十八层地狱，永不得翻身。我不敢做这样的事。"邻居中一个尖酸人说道："罢了！胡老爹！你每日杀猪的营生，白刀子进去，红刀子出来，阎王也不知叫判官在簿子上记了你几千条铁棍，就是添上这一百棍，又有什么要紧？只怕把铁棍子打完了，也算不到这笔账上来！或许你救好了女婿，阎王叙功，从地狱里把你提上第十七层来，也不可知！"报喜的人说："不要只管讲笑话。胡老爹，这件事必须这么办，你还是权衡一下。"胡屠户拗不过大家，只得连喝两碗酒后，壮一壮胆，将平日的凶恶样子拿出来，卷一卷那油晃晃的衣袖，走上集市去，五六个邻居都跟着他一起去。老太太赶出来叮嘱说："亲家，你吓一吓他，不要把他打伤了！"邻居们都说："这当然，不必吩咐！"说着，就去了。

来到集市上，只见范进正在一个庙门口站着，披头散发，满脸污泥，鞋都跑掉了一只，自己拍着手说："中了！中了！"胡屠户凶神般地走到他跟前，说道："该死的畜生！你中了什么？"一个嘴巴打过去，众人和邻居见着他这个模样，忍不住地笑。没想到胡屠户虽然大着胆子打了一下，心里到底还是害怕，那手早已颤起来，不敢打第二下。范进被这个嘴巴打晕了，昏倒在地，邻居们一起上前，替他抹胸口，捶背。

折腾了大半天，范进渐渐醒过来，眼睛明亮，不疯了。众人扶起他坐在庙门口一个郎中的板凳上，胡屠户站在一边，觉得那只手隐隐地疼了起来。只见自己的手腕错位了，再也弯不过来，心里恼火地想："果然天上的文曲星是打不得的，而今菩萨降罪了！"想到这儿，疼得更厉害了，连忙向郎中讨了个膏药贴上。

看见范进清醒过来，众人都来恭喜，范进梳好头发，洗了脸。一个邻居早把那一只鞋寻了来，替他穿上。看见岳父在跟前，恐怕又要来骂他。胡屠户走上去说："贤婿老爷！刚才不是我敢大胆，是你家老太太的主意，求我来劝你的。"一位邻居说："老爹，你这手，明天不能杀猪了。"胡屠户说："我哪里还杀猪！有我这贤婿老爷，还怕后半生没依靠吗？我常说：我的这个贤婿才学又高，品貌又好，就是城里头那张府的老爷们，也没有我女婿这样体面的相貌。你们不知道，我这一双眼睛，看人最准！想当年我女儿在家里，长到三十多岁，多少有钱的富户要和我结亲，我觉得女儿有福气，一定要嫁个老爷，今天看来果然不错！"说完，哈哈大笑。众人都笑起来，范进洗完脸，郎中又拿茶来给他喝，喝完，大家一起回家。范举人先走，胡屠户和邻居跟在后面。屠户见女婿衣裳的后襟滚皱了，一路低着头替他扯了几十回。到了家门口，屠户高声叫道："老爷回府了！"老太太迎出来，见儿子不疯，喜从天降。大家问报喜的人在哪儿，原来家里人把屠户送来的几千钱送给他们，他们已经回去了。

范进拜见了母亲，又拜谢岳父。胡屠户不安地说："几个小钱，还不够让你赏人哩！"范进又谢了邻居，正要坐下，只见一个衣着体面的管家，手里拿着一个大红帖子，跑了进来说："张老爷来拜新中举的范老爷。"说完，轿子已经到了门口。胡屠户忙躲进女儿房里，不敢出来，邻居们也散了。

范进迎了出去，只见张乡绅下了轿，头戴纱帽，身穿葵花色圆领礼服，佩戴金色带子，脚穿黑色靴子。他是举人出身，做过一任知县，别号叫静斋。同范进推让着进来，到堂屋内平磕了头，分宾主坐下。张乡绅先攀谈说："我与世先生乃是同乡，一向有失亲近。"范进说道："晚生久仰老先生，只是无缘，不曾拜会。"张乡绅又说："适才看见题名录，贵房师高要县汤公，就是先祖的门生，我和你是亲近的世兄弟。"范进说道："晚生侥幸，实是有愧；却幸得出老先生门下，可为欣喜。"原来，范进乡试时的主考汤知县是张静斋的先祖的门生。

张乡绅看范进家境贫寒，立刻拿出五十两银子，还提出将自己在东门大街上的一套三进三间的宅院送给范进住。范进再三推辞，张乡绅一再坚持，范进才把银子收下，作揖谢了。又聊了一会儿才告辞。

胡屠户直等张乡绅上了轿，才敢走出来。范进即将银子交给妻子，打开一看，是一锭锭的雪白的细丝银子，于是拿出两锭，叫胡屠户进来，递给他说："刚才老爹您费心了，拿了五千钱来，这六两多银子，老爹拿去吧。"屠户把银子紧紧握在手里，把拳头伸过来说："这个你收着吧，我本来是来祝贺你的，怎好又拿回去？"范进说："这里还有几两银子，如果用完了，再管您要。"屠户连忙把拳头缩了回去，往腰里揣，嘴里说道："也好，你如今结交了这个张老爷，还愁没有银子用？他家里的银子，比皇帝家还多哩！他家就是我卖肉的主顾，一年就是没什么大事，也要买四五千斤肉，银子有什么稀奇。"又转回头来看着女儿说："我早上拿了钱来，你那该死的兄弟还不肯。我说'姑老爷今非昔比，少不得有人把银子送上门去给他用，只怕姑老爷还不稀罕哩。'今天果然如此！现在我拿着银子回家去，骂这个奴才!”说完,千恩万谢,低着头笑眯眯地走了。

从此以后,果然有许多人来奉承他。有人送田产的,有人送房子的,还有人来投靠范家做仆人的。不到两三个月,范家奴仆丫鬟都有了,钱和米更是不用说了。张乡绅又来催他搬家,搬到新房子里,唱戏、摆酒、请客,一连闹了三天。到了第四天,老太太起来吃过点心,走到第三进房子内,见儿媳胡氏在监督着家里的媳妇和丫鬟清洗餐具。老太太看了,说道:“你们要小心些,这都是别人家的东西,不要弄坏了。”丫鬟们说:“老太太,这不是别人的,都是您老人家的。”老太太笑着说:“我家哪有这些东西?”丫鬟和媳妇都说:“怎么不是?不但这些东西是,连我们这些人和这房子都是您的!”老太太听了,把细瓷碗和银镶的酒杯,逐件看了一遍,哈哈大笑说:“这都是我的了!”大笑一声,往后便跌倒,忽然痰涌上来,昏倒在地上。媳妇和丫鬟们都慌了,忙将老太太抬到床上,请范进来,范进连请了几个医生,都说老太太无法医治。范进夫妻两个,守着老太太哭泣,准备后事。挨到黄昏时候,老太太已奄奄一息,最终去世了。范进十分悲伤,风风光光地为母亲大办了丧事。因为要在家为母亲守孝三年,他无法参加礼部的会试。

转眼间七七之期已过。一天,张乡绅来问候他,与他仔细一算,发现范进安葬母亲还需要三百两银子。范进乡试时的主考官汤知县正在高要县做县令,于是张乡绅劝他去汤知县那儿弄银子。正赶上张乡绅要去拜见汤知县,所以二人约定一起上路。到了约定的日期,两个人雇来车马,带上随从,出发前往高要县。

第四回

严氏兄弟的故事

范进与张乡绅不到一日就进了高要县城，不巧汤知县下乡去了，他们不便进衙门，只得在一个关帝庙里休息。那庙正在修整大殿，有县里的工房在里面监工；工房听见是知县的朋友到了，慌忙将他们迎到里面坐，请他们喝茶。这时外面走进一个人来，头戴方巾，穿着宽大的长袍和粉底皂靴，蜜蜂眼，高鼻梁，络腮胡子。那人一进门，就叫把茶盘子撤了，然后与范进、张乡绅坐下，询问哪一位是张老先生？哪一位是范老先生？范进与张乡绅各自说出了自己的姓名后，那人自称姓严，因为曾被选入国子监读书并已肄业，所以现在有贡生的功名。因为与汤知县是好友，家又住附近，所以听说汤知县的两位好友来到，特来拜访。随后严贡生的仆人端上食盒，又提了一瓶酒，放在桌上。揭开盒盖，九个盘子，都是鸡、鸭、糟鱼、火腿之类。严贡生给范进与张乡绅斟酒，说道："本该请二位老先生到家中，一来怕怠慢二位，二来我要去衙门，所以才准备酒菜，在这里谈谈，二位不要见怪。"二位接了酒说道："尚未拜访，倒先打扰。"于是三个人一起举杯，酒喝得十分愉快。

席间，严贡生夸赞说："汤知县为人清廉、慈祥，真是百姓的福分。”还自称与汤知县有缘分，张乡绅客气地说：“那是因为您有威望、人品好，所以我的世叔汤知县才会尊敬您。”严贡生说：“实不相瞒，小弟我为人率真，在镇里，从不占人半点儿的便宜，所以才能与历届父母官相处融洽。汤老爷虽然不大喜欢会客，却也经常照顾我。”三个人聊得正高兴，一个蓬头赤足的小杂役走了进来，看着他说：“老爷，家里请你回去。”严贡生问：“回去干什么？”杂役说：“有人来讨早上咱们家关的那口猪，正在家里吵哩。”严贡生说：“他要猪，拿钱来。”杂役说：“他说猪是他的。”严贡生说：“我知道了，你先回去吧，我很快就回去。”那杂役又不肯走。张、范二位说：“既然您府上有事，还是请回去吧。”严贡生说：“二位老先生有所不知，这口猪原本是我的！”才说一句，听见锣响，三个人一齐站起来说：“知县老爷回衙门了。”范进与张乡绅整理了一下衣帽，叫管家拿着帖子，辞别严贡生，拜见汤知县去了。

汤知县接到帖子，见一个写“世侄张师陆”，一个写“门生范进”，心想：“这个张静斋屡次来讨银子，十分讨厌，但这回同我新中的门生来见，我也不好回绝他。”于是请他们进来，行过礼，奉坐喝茶，同张静斋叙了些阔别的话，又把范进的文章称赞了一番。问他说：“因何不去会试？”范进说道：“先母过世，遵制丁忧。”汤知县大惊，忙换去了吉服，请他们进后堂，摆上酒来。席上都是燕窝、鸡、鸭，此外就是广东特产的柔鱼苦瓜之类。

三人坐下，桌子上摆放的都是银镶的酒杯和筷子，范进退前缩后的不举杯箸，张静斋笑说：“世先生因遵礼法，想是不用这个杯箸。”知县忙叫人换了一个瓷杯，一双象牙筷子来，范进还是不肯用，直到换了一双白颜色的竹筷子来，范进才肯用。汤知县见他服丧期间如此遵守礼仪，担心他不喝酒，后来看见他在燕窝碗里拣了一个红红的大虾丸子塞在嘴里，才放心。说道：“真是得罪的很。本县回教教民居多，习惯吃牛羊肉，我担心二位吃不惯，所以不敢端上来，而且如今朝廷下旨禁宰耕牛，上面查得很紧，衙门里也都没得吃。”于是点起蜡烛来，将上司的禁令票牌拿出来给他们看。

此时一个贴身的仆人进来，在知县耳前悄悄说了几句话，知县起身向二位说：“外面有个书办要回话，我去去就来。”一会，只听知县在外面说：“先放在那里。”随后回来又入席坐下，说了失陪，向张静斋问道：“张世兄，你是做过官的，这件事正该与你商量，就是牛肉的事。刚才有一位回教的老师父代表一些教民来求我，说是要完全禁止宰牛，他们就没有饭吃，求我通融些，送我五十斤牛肉，你看我能不能收？”张乡绅说：“老世叔，您千万不能收。你我做官的人，心里只有皇上，哪有教民？依小侄愚见，世叔就在这事上出个大名，今晚先把牛肉收下。明天早上升堂，把这个老师父抓来，打他几十板子，戴上枷锁，把牛肉堆在枷上，让他在县衙门口示众，再写一张告示说明他的罪过。您的上司知道了，一定夸奖您办事严谨，升迁就指日可待了。”知县见他说得口若悬河，不禁点头称赞。酒宴过后，留二位在书房住下了。

第二天早上升堂审问回教的老师父。汤知县叫人将老师父带上来，大骂一顿，然后取一面大枷，把那五十斤牛肉都堆在枷上，让那位老师父带着枷示众。一连枷了三日，老师父竟然死了。众多回教教民心里不服，聚集了几百人，闹到县衙来，并说这都是南海县的恶棍张师陆也就是张静斋的主意，一致要求严惩。汤知县很吃惊，在衙门里追查，才知道是门子走漏了风声，他心想："我是一县之主，他们敢对我怎样！只是闹了起来，这张静斋比较麻烦。如今须设法先把他弄出去才好。"忙唤了几个心腹的衙役进来商议，幸亏衙门的后面紧靠着北城，几个衙役先溜到城外，用绳子把张、范二位系了出去。张、范二人换了蓝布衣服、草帽、草鞋，寻一条小路，惶惶如丧家之犬，急急如漏网之鱼，连夜找路回省城了。

这里，高要县城里的学师和典史出来安民，说了许多好话，众回教教民才渐渐地散了。汤知县把这件事，细细地写了个禀帖，禀告按察司。按察司来调查。汤知县拜见了按察司，摘去纱帽，只管磕头，按察司说道："论起来，这件事是你汤老爷轻率。枷责就罢了，何必将牛肉堆在枷上？这成何刑法？但此刁风也不可长，我这里少不得捉几个为头的，依法处置。你先回衙门去办事，以后凡事须要斟酌些，不可任性妄为。"汤知县又磕头说："卑职办事不力，蒙大老爷保全，真乃天地父母之恩，此后知过必改。但求大老爷下令由卑职发落这几个为首闹事的人，赏卑职一个脸面。"按察司答应了。知县叩谢出来，回到高要。

过了些日子，汤知县捉来五个为首的教民，大摇大摆地升堂，把他们判为"奸民挟制官府，依律枷责"。将回教教民发落完，正要退堂，有两个人进来喊冤，知县叫带上来问话。

这两个人一个叫王小二，是严贡生的邻居。去年三月严贡生家一口才生下来的小猪，走到他家去，他慌忙送回严家。严家说，猪跑到别人家，再找回来，最不吉利，逼着他出了八钱银子，把小猪卖给他。这一口猪，在王家已养到一百多斤，没想到错走到严家去，严家把猪关了。王小二的哥哥王大走到严家讨猪，严贡生说，猪本来就是他的，想要猪就按照时价买回去。王大是个穷人，哪有银子，就同严家争吵了几句，被严贡生的几个儿子，拿门闩和擀面杖打，腿都打折了，现在躺在家里，所以王小二来喊冤。

知县听完让王小二等在一边，带那另一个人上来问道："你叫什么名字？"那人是个五六十岁的老人，说道："小人叫作黄梦统，在乡下住。去年九月上县里来交钱粮，因为钱没带够，就央求中间人向严乡绅借二十两银子，每月三分钱的利息，写下借据，送到严府。但是小的却没收到他的银子。后来小的遇到一个亲戚，借了几两银子给小的。小的交完钱粮，就同亲戚回家去了。前几天小的想起这事来，就去严府取借据，严乡绅却向小的要这几个月的利息钱。小的说：'没拿到你的钱，你为什么要利息？'严乡绅说，小的如果当时拿回借据，他可把银子借给别人赚利息，因为小的没取回借据，所以他的二十两银子也不能动，耽误了大半年的利息。小的求中间人说情，愿意送礼，可是严乡绅就是不肯，把小的的驴和米袋子都叫人拿走了，可还是不把借据还给小的。小的遭受冤屈，求大老爷做主！"

汤知县听了十分愤怒，批准了这两张状子，派官差到严家捉人，严贡生早已听到消息跑到省城去了。官差只好去找严贡生的弟弟，他弟弟叫作严大育，字致和，他哥字致中，两人是同胞弟兄，却在两个宅院里住。严致和是个监生，十分富有，足有十多万两银子，但却胆小怕事，见哥哥不在家，他留官差吃了饭，拿两千钱送给他们。随后派仆人去请来两位大舅子商议这件事。这两位舅爷姓王，一个叫王德，一个叫王仁，都是秀才，在当地的豪门大户开馆教书，很有名望。得知这件事，王仁笑着说："令兄平日常说同汤知县交好，怎么这一点事就吓走了?"严致和说道："这话也说不尽，只是家兄而今跑了，官差在我家里吵闹要人，我怎能放下家里的事，出外去找他？况且他也不会回来。"王仁说道："各家门户，这事究竟也不与你相干。"王德说道："你有所不知，衙门里的官差见妹夫日子过得好，想借机敲诈，若说不管，就更要得紧了。如今有个'釜底抽薪'之法，只要请个人去把告状的安抚住了也就罢了，谅这也没有多大的事。"王仁说："这件事不必去求人解决，就是我们兄弟两个去找王小二、黄梦统说情，把猪还给王家，再拿些银子来医治王大的腿，黄家那借据，找到了给他，也就没事了。"严监生说："舅爷说的是，只是我嫂子是个糊涂的人，几个侄子，就像狼一样，不听教训。他们怎么肯把这猪和借约拿出来?"王德说："妹夫，如果他们不肯，你就自认晦气，再拿出几两银子，折个猪价，给了姓王的，黄家的借据，我们做中间人立个字据给他，说以前的借据作废。这件事就解决了。"商量完毕，严监生在衙门里上下打点，共用去了十几两银子，官司才算了结。

严监生的妻子王氏一直体弱多病，此时她已经病的十分严重，每天四五个医生用药，都是人参附子，可总不见效。严监生的妾赵氏寸步不离、尽心尽力地伺候，看她的病越来越严重，就抱着儿子坐在床边哭泣。不仅如此，还每夜摆个香桌在天井里，祷告说："我而今只求菩萨把我带了去，保佑大娘子好了罢。"王氏知道后很感动，一天晚上，把她叫来说："何不向老爷说明白，我若死了，就把你扶正，做个填房？"赵氏一听，忙把严监生请进来，把王氏的话对严监生说了。严监生听了很难过，可是王氏没有子女，为了能让自己唯一的儿子，也就是赵氏的儿子继承家产，严监生也就答应了，并说："既然如此，明日清早就要请二位舅爷说定此事，才有凭据。"

第二天清早请来两位舅爷商议这件事，两位先是不吭一声，最后严监生拿出两封银子来，每位一百两，递给二位，说："休嫌意轻。"二位双手来接，严致和又说："二位不可多心，将来我要备祭桌祭奠令妹，钱和东西都由我准备，二位来祭奠就行了。明日还拿轿子接两位舅奶奶来，令妹还有些首饰，送给她们留为纪念。"正说着，外面有人来访，严监生陪客去了。回来见两位舅爷哭得眼皮红红的。王仁说道："方才我同家兄在这里说，舍妹真是女中丈夫，可谓王门有幸，恐怕妹夫您胸中也没有这样的气量。"王德又说："不必担心，有我们两人做主。但这件事要大办，妹夫，你再出几两银子，准备十几桌酒席，将亲戚们都请来，趁我们的妹妹还在，将赵氏立为正室，看谁再敢多言？"严监生又拿出五十两银子来，二位舅爷高高兴兴地回去了。

过了三天，王德、王仁来到严家来，写好请帖，送给亲戚们。选了个黄道吉日，亲戚们都到齐了，只有隔壁严贡生家的五个亲侄子，一个也没到。众人吃过早饭，先到王氏床前写好扶正赵氏的遗嘱，两位舅爷做证人。严监生戴着方巾，穿着青衫，披了红绸；赵氏穿着大红衣服，戴了赤金冠，两人拜了天地，又拜了祖宗，赵氏又独自走进房内，拜王氏做姐姐，此时王氏已经昏迷了，行礼已毕，大厅、二厅、书房、内堂屋男客与女客，共摆了二十多桌酒席。吃到三更时分，严监生正在大厅陪着客人。奶妈慌忙走了出来说道："奶奶断气了！"严监生悲痛不已，尽己所能为王氏操办后事，足足用去四五千两银子，就这样闹了半年，他自己也病倒了。

严监生重病期间，亲戚们都来问候，五个侄子也都来探望他，可到了中秋以后，他的病一日重似一日，毫无起色，医生都不再给他下药了。他病重得一连三天不能说话。这天晚间挤了一屋子的亲戚，桌上点着一盏灯，只有王德、王仁两位舅爷因为去考科举没能来。严监生的喉咙里痰响得一进一出，一声接一声的，就是不断气。还把手从被单里拿出来，伸着两个指头。大侄子上前问道："二叔！你是不是还有两个亲人没见到？"他把头摇了两三摇。二侄子走上前来问道："二叔！是不是还有两笔银子在哪里，没吩咐明白？"他把两眼睁得溜圆，把头又狠狠地摇了几摇，手指头使劲地指着。奶妈抱着严监生的儿子说道："老爷是不是惦念两位舅爷？"他听了这话，两眼闭着摇头。那手只是指着不动。赵氏慌忙擦擦眼泪，走上前说："老爷！别人说的都不对，只有我晓得

严监生吝啬成性惜灯草

你的意思！你是为那盏灯里点的是两根灯草，不放心，怕费了油，我如今挑掉一根就是了。”说完，忙走去挑掉一根，众人再看严监生，他点一点头，把手垂下，顿时就没了气。全家人大哭起来，准备后事，将灵柩停在第三层中堂内。第二天早上打发几个人，满城去报丧。族长严振先，领着合族一班人来吊孝，都留着吃完饭，领了孝布回去。

头七过后，王德、王仁考完科举回来吊孝。又过了几天，严贡生也从省城里参加完科举回来，他这次去省城正是住在张乡绅家。他的几个儿子，都在严监生的灵堂里。赵氏听说他回来了，就让仆人送去一个盒子和一个毡包，仆人说：“这是我们老爷临终时准备好的，留给您作纪念，二奶奶让我们给送来。”严贡生打开一看，簇新的两套缎子衣服，整整齐齐的二百两银子，满心欢喜，说道：“回复你们二奶奶，多谢。我即刻就过来。”打发走仆人，将衣服和银子收好，又细问太太，知道自己的儿子们都得了严监生的东西，这是单留给他的，心里更加高兴。于是他带上孝巾，系了一条白布腰带，走到弟弟的灵柩前叫声“老二！”干号了几声，拜了两下，赵氏身穿重孝，出来拜谢，又叫儿子向伯伯磕头。

不一会儿，两位舅爷到了，同严监生喝酒闲谈，说到为了平息王小二和黄梦统的官司，严监生花了不少银子，严贡生听完说：“这是亡弟办事不力。如果是我在家，和汤知县说了，非把王小二、黄梦统这两个奴才的腿砍折了不可。一个乡绅人家，怎么能由得百姓如此放肆？”王仁冷笑了一声说：“凡事还是厚道些好。”严贡生脸红了一阵，又彼此劝了几杯酒。

正说着话，奶妈抱着严监生的儿子出来问："奶奶叫问大老爷，二爷几时开丧？葬在哪里？"严贡生说："你对你们奶奶说，我在家待不了多久，就要同我家二相公到省里周府去招亲。二爷的事，就托付给二位舅爷了。二爷不能葬在祖坟，具体地点等我回来再商量。"说完，就走了。

过了几天，严贡生果然带着二儿子去省城了。赵氏在家掌管家务，家里钱粮无数，奴仆成群，牛马成行，坐享富贵。没想到天有不测风云，她的儿子出起天花来，到第七天，白白胖胖的孩子就死去了。赵氏哭了整整三日三夜，哭得眼泪都干了。

孩子死后，严监生断了香火，赵氏于是请来两位舅爷，商量要过继严贡生的一个儿子做继承人。二位舅爷做不了主，连忙写信给在省城的严贡生，派仆人来富送去。

来富连夜赴省城，见到了严贡生。此时的严贡生正忙着给自己的二儿子娶亲，新娘迎进门的第十天，严贡生准备回老家，于是叫来富和自己的仆人四斗子去雇了两只去高要的船。两只大船，租银十二两，到高要付钱。一只坐的是新郎新娘，一只严贡生自己坐，选择了一个吉日，辞别亲家。由于新娘是周家的姑娘，而周家做过巢县县令，所以，严贡生借了一副"巢县正堂"的金字牌，一副"肃静回避"的白粉牌插在船上。又叫了吹鼓手在船上吹吹打打。船家十分害怕，一路上小心伺候。

那一天，离高要县不过二三十里路，严贡生坐在船舱里，忽然感到头晕恶心，吐出许多清痰来。来富和四斗子，一边一个，架着胳膊，他还是要摔倒。严贡生忙叫四斗子去烧一壶开水，自己则用钥匙开了箱子，拿出一块云片糕来，约有十多片，一片一片剥开，吃了几片，揉着肚子，放了两个大屁，立刻好了。剩下几片云片糕，搁在后面船板上，也不收起来。那掌舵的嘴馋，看见了，就左手把着舵，右手拿起云片糕，偷偷地吃了，严贡生只装没看见。

不一会，船靠了码头，严贡生叫来富快叫两顶轿子将二相公和新娘先送回家，又叫码头工人把箱子都搬上了岸，把自己的行李，也搬上了岸。船家水手，都来讨喜钱。严贡生转身走进舱来，四面张望，问四斗子："我的药哪去了？"四斗子问："您说的是什么药？"严贡生说："刚才我吃的不是药？明明放在船板上的。"那掌舵的说："想必是刚才船板上的几片云片糕，那是老爷剩下不要的，小的大胆就吃了。"严贡生生气地说："吃了？你知道那是什么东西吗？"掌舵的说："云片糕不过是些瓜仁、核桃、洋糖、面粉做成的，还有什么东西？"严贡生破口大骂道："放你的狗屁！我因为向来有头晕的病，花了几百两银子才配了这一服药。是省里张老爷在上党做官时带来的人参，周老爷在四川做官带了来的黄连。你这奴才！猪八戒吃人参果，全不知滋味，说的容易！是云片糕！刚才这几片，值几十两银子？何况我将来犯病，拿什么药来治？你这奴才，简直是在害我！"说着就要写帖子，"送这奴才到汤老爷衙门里去，先打他几十板子再说！"

掌舵的吓坏了，赔着笑脸说："小的刚才吃时，甜甜的，不知道是药，还以为是云片糕！"严贡生骂道："还说是云片糕！

再说云片糕,先打你几个嘴巴!”说着,已经把帖子写了,递给四斗子,四斗子走上岸去,那些搬行李的人帮船家拦着他。两只船上的船家也都慌了,一起跪下央求说:“严老爷,而今是他的不是,不该错吃了严老爷的药,但他是个穷人,就是连船都卖了,也不能赔老爷这几十两银子。若是送到县里,他哪里扛得住?如今只求严老爷开开恩,高抬贵手,饶过他吧!”严贡生越发恼怒得暴躁如雷。搬行李的几个脚夫走过来说:“这事是你们船家不对。方才若不是你们追着向严老爷要酒钱、喜钱,严老爷已经上轿去了。都是你们拦住,严老爷才查到这个药。如今自知理亏,还不过来向严老爷磕头讨饶?难道你们不赔严老爷的药,严老爷还要拿钱倒贴与你们不成?”众人一齐逼着掌舵的磕了几个头,严贡生转弯说道:“既然你们说情,我又喜事重重,先放过这奴才,再和他慢慢算账,不怕他飞上天去!”骂完,带着仆人和行李扬长而去。船家眼睁睁地看着他走了,也没敢提船钱。

严贡生回到家,忙让儿子和媳妇拜见妻子和自己。他太太正在房里收拾东西,屋里乱哄哄的。原来他家只有一间上房,太太要让给儿子和新媳妇住。严贡生说:“我早已打算好了,不用你瞎忙!老二那边的大房子不好住吗?”太太说:“他有房子,凭什么给你的儿子住?”严贡生说:“老二无子,不要继承人吗?”太太说:“可是她要过继我们老五哩!”严贡生说:“这可由不得她,她算个什么东西?我替老二立继承人,与她什么相干?”他太太听了这话,正摸不着头脑。只见赵氏派人来请严贡生。他便走过来,同王德、王仁打过招呼后,便叫过几个管事的人说："将正房打扫出来，明天二相公夫妻来住。"赵氏听着，还以为他把第二个儿子过继给她，便对舅爷说："哥哥，大爷刚才怎样说？媳妇过来住正房，婆婆倒住着厢房，没有这个道理呀！"王仁说："你不要慌，随他怎么说，到时候再商量。"说完出去了，同严贡生闲聊了一会儿，就回去了。

严贡生送走两位舅爷，回来拉一把椅子坐下，将十几个管事的仆人都叫来，吩咐道："我家二相公，明日过来继承了家业，从此以后就是你们的新主人，你们要小心伺候。赵氏没有儿女，是二老爷的妾，她没有权利占着正屋。吩咐下去把厢房打扫两间，替她把东西搬过去，腾出正屋来，好让二相公夫妻住。"大家答应着下去，严贡生也回家去了。

这些仆人按照严贡生的话来催赵氏搬房，被赵氏一顿臭骂，仆人们平日嫌赵氏装尊贵，作威作福，这时就要故意气气她，说："大老爹吩咐的话，我们怎敢违拗？他到底是个正经主子，他若认真动了气，我们怎么受得了？"惹得赵氏号啕大哭，哭了又骂，骂了又哭，足足闹了一夜。

第二天清早她就乘着轿子到衙门喊冤。汤知县接了诉状，写了'由同族亲戚协商解决'的批语。赵氏备了几桌酒席，请亲戚们来。族长严振先，平时最怕的是严贡生，不敢为赵氏做主，而王德、王仁两位舅爷，更是像泥塑木雕一般不说话，其他亲戚才要开口说话，被严贡生睁眼睛瞪了一眼，又不敢言语了。见大家不作声，赵氏在屏风后急得像热锅上的蚂蚁一般只能自己隔着屏风同严贡生捶胸顿足、连哭带吵。严贡生听着不耐烦，说道："这个泼妇，真是小家子出身！我们乡绅人家，哪有这样的规矩？恼了我的性子，我揪着头发，打一顿，立刻叫媒人来领出去嫁走！”赵氏越发哭喊起来，喊得半天云里都听见，要跑出来厮打，被几个家人媳妇劝住了。众人见这样闹下去不是事，就把严贡生扯了回去，然后各自回家。

第二天，大家商议将同族亲戚的意见写出来回禀县太爷，王德、王仁不肯写，严振先只写了几句话，说：“赵氏本是妾，扶正也是有根据的。但严贡生说扶正与律例不合，不肯叫自己的儿子认她做母亲，也是事实。听候大老爷公断。”那汤知县也是妾生的儿子，看了回复的文章，觉得严贡生也太多事了，就批下批语说：“赵氏既然扶过正，就不再是妾，如果严贡生不愿将儿子过继给她，赵氏可以自己选择继承人。”严贡生看了这批语，气得火冒三丈，立刻写状子到府里去告。府台也是有妾的，也觉得严贡生多事，又将状子发回了高要县。严贡生更急了，到省里的按察司告状，可按察司不管这样的小事。严贡生没办法了，又不想回头，突然想到：“周进周学道是我的远亲，不如去求他帮忙打这场官司。”于是想冒认周学道的亲戚，到部里告状。来到京城才知道周进已经升做国子监司业了。严贡生大着胆子，写了一个帖子投进去，周司业心里疑惑，想到自己并没有这个亲戚。正在细想，仆人又送进一个帖子，上面只写着“范进”两个字，周司业知道他是广东考中的，现在来京城参加会试，便请他进来。范进进来，称呼周进为恩师。周司业问他是否认识一位姓严的贡生，范进回答说并不认识。周司业说：“看来他与我并没有什么关系。”于是叫仆人将他打发了回去。

第五回

投降宁王说王惠

范进同周进交谈得十分高兴，周进准备筵席款待范进，宴会过后，范进起身告辞，不久后参加会试，居然中了进士，几年之后，被皇帝钦点为山东学道，离开京城前往山东之前，范学道来同周司业道别。周司业说："山东虽然是我的故乡，可我心里只记得做教书先生时，有个学生叫荀玫，那时才七岁，这又过了十多年，想必也长大成人了。如果他在参加科举考试，你多留意，有机会就提拔他一下吧。"范进听了，记在心里，上任以后，找了大半年，才找到荀玫，他正是新进的儒童。这位荀玫自古英雄出少年，第二年考取了乡试第一。到省试，又高中了。直到进京参加礼部会试，又中了第三名进士。

这一天，荀玫收到一个帖子，上面写着："同年同乡王老爷来拜。"荀玫连忙迎了出去，只见是一位胡须与头发都已雪白的老进士。这个人名叫王惠，就是当年在周进教书的薛家集观音庵避雨的王举人。荀玫将王惠请到屋里，互相施礼以后，攀谈起来。王惠见荀玫所住的屋子十分窄小，离皇宫又远，就坚持让荀玫搬到自己在京城江米巷的房子里去住。殿试发榜的时候，荀玫是二甲，王惠是三甲，都被授予工部主事的官，随后，又一起被转为员外的官职。不久以后，荀玫因为母亲去世不得不回家守孝三年，王惠则被皇帝任命为南昌知府，并要求即刻上任，于是他一路马不停蹄，到了江西省南昌府。

前任南昌知府蘧太守，是浙江嘉兴人，进士出身，因年老病退，已经离开了衙门，职务如今由太守的副职通判代理。王惠到任后首先接见了府里的大小官员，随后与前任蘧太守互相拜访，商量职务交接的事，由于事务繁杂，王惠也没有马上接过来。

一天，蘧太守派人来说："交接的事，本该我家太爷自己来，可惜他年老多病，又有些耳聋，因此，明天打发少爷过来，当面说明。一切事都要仰仗王太守多多担待。"王惠答应了，在衙门里准备酒菜，等候蘧公子。第二天吃过早饭后，蘧公子果然乘着轿，拿着写着'眷晚生蘧景玉拜'的大红拜帖来拜。王太守开了大门，请他进来。王太守看那蘧公子容貌俊雅、风度翩翩、举止脱俗，便十分喜欢。二人互相施礼，坐下寒暄起来，无非是聊蘧太守的身体状况之类，一直说到蘧太守辞官的事，王太守问："令尊大人正值壮年，为什么会辞官回家、急流勇退呢？"蘧公子说："家父常说：'宦海风波，实难久恋。'况且做秀才的时候，原有几亩薄田，可以供吃粥；祖宗留下的房屋，可以遮风挡雨；就是琴棋书画、亭台楼阁，也还是有几处可供消遣的。所以在公务繁杂的时候，常常怀念宁静淡泊的生活。如今终于可以如愿以偿了！"王太守听完称赞道："公子有这样的胸襟，令尊也可以放心地辞官归隐了，不久以后公子参加科举，必定高中。"听了这话，蘧公子说："人生在世，倒也并非完全是为了功名利禄，晚生只愿随父亲回家隐居，好好孝敬他老人家。"王太守说："这样的话就更加可敬了。"说着，换了三遍茶，请公子脱去宽大的外衣，坐下。

接着说到交接的事，王太守很为难。蘧公子说："老先生不必过于费心。家父在任期间，一向是粗茶淡饭，穿着布衣，历年积攒下来的俸禄，约有二千多两。如果清理时发现账目有缺失，就用这笔钱来填补。家父知道您在京城做官时两袖清风，决不会连累您。"王太守见他说得大方爽快，心中十分高兴。

不一会，摆上酒菜。王太守慢慢地问："南昌的地方人情如何，还有什么土特产？官司诉讼的情况如何？"蘧公子说："南昌的人情，粗鄙有余，狡诈不足；家父在任时，受理的官司并不多，如果不是关系到伦理纲常的大事，一般的关于婚姻、土地的诉讼，都批到县里去，务必使百姓能够安居乐业。至于赋税和劳役也绝不去苛求他们。"王太守笑着说："可见'三年清知府，十万雪花银'的话，而今也不是很准了！"

酒过三巡，蘧公子见他问话粗俗，于是说："家父在这里没别的好处，只是刑罚轻，所以衙门里的人也都清闲自在。曾记得有人这样说家父：'听说您的衙门里有三种声音。'"王太守问："是哪三种声音？"蘧公子说道："是吟诗声，下棋声，唱曲声。"王太守大笑着说道："这三种声音的确有趣。"蘧公子说："将来在老先生的治理之下，只怕要换三种声音！"王太守问："是哪三种？"蘧公子道："是戥子声，算盘声，板子声。"王太守并不知道这话是讽刺他，于是严肃地答道："而今你我要替朝廷办事，只怕也不得不如此认真。"

蘧公子与王太守都有好酒量，两个人推杯换盏，直吃到日落时分，将交接的事当面说清楚，蘧公子才告辞。过了几天，蘧太守送了一些银子，王太守结清了账目后蘧太守带着公子和家人，装了半船的字画，回嘉兴去了。

从此，王太守治理南昌。他先是钉了一把头号的库戥，把衙门的书办都传进来，问明了衙门里各项钱款的余额，都收进衙门的库房，每隔三五天便拿出来清点。然后又找来两块板子拿去称重，一轻一重，都在上面标了记号，出来升堂吩咐差役用重的时，如果差役拿了那个轻的，就说明他收了贿赂，就取来那重板子打差役。这些衙役和百姓，一个个被他打得魂飞魄散，全城的人，没一个不知道太守的厉害的，睡梦里都害怕。因此各上司访察，都赞扬他是江西第一个能臣。

王惠做了两年南昌知府后，正赶上江西宁王造反，皇帝下诏围剿，到处都在戒严，朝廷把他提升为南赣道的道台，负责督办军需物资。王道台接到紧急文书，连夜前往南赣到任。

第二年，宁王率军攻占了南赣，王道台见抵挡不住，便叫了一只小船，黑夜逃走。船走到大江中，正好遇到宁王的几百只战船，于是王惠被捉住后反绑了手，送到一只大船上。只见灯烛影里，宁王正坐在上面，王道台吓得浑身发抖，不敢抬头。宁王见此情境，走下来亲手替他解开绳索，叫人取来衣裳给他穿，说道："孤家奉太后密旨，起兵诛杀皇帝身边的奸臣。你既然是江西的能臣，不如降顺孤家，少不得封你官爵。"王道台颤抖地磕头说："愿意归顺。"宁王说："你既然愿归降，孤家亲自赏赐你一杯酒。"此时王道台被绑得心口十分疼痛，就跪着接过酒，一饮而尽，心便不疼了，又磕头谢宁王不杀之恩。宁王随后封他为江西按察使，从此他便留在宁王的叛军中。

宁王闹了两年，没想到被新建伯王守仁打败，束手就擒。那些投降的官吏，杀的杀，逃的逃了。王惠也带上一个小木箱，里面装着几本书和几两银子，换上青衣小帽，趁着黑夜逃走，真是慌不择路。走了几天旱路，又搭船走。昏天黑地，一直走到了浙江乌镇。那天船终于靠岸，客人们都去吃点心，王惠也拿了几个钱上岸。那点心店里都坐满了，只有一个少年自己占了一桌。王惠看见那少年，好像有些认得，却又想不起来。开店的人说道："客人，你来同这位客人一同坐吧！"王惠便去坐在少年对面，少年站起身来，又同他一起坐下。

王惠忍不住问道："请问你是哪里人？"那少年答道："嘉兴。"王惠说："你贵姓？"那少年说："姓蘧。"王惠说："以前有位蘧老先生，曾做过南昌太守，不知道与你是不是一家人？"那少年吃惊地说："那是我的祖父，老先生为什么这样问？"王惠说："原来你是蘧老先生的令公孙，失敬了！"蘧公孙问："请问您是哪里人？"王惠说："这里不是说话的地方，你的船在哪里？"蘧公孙答道："就在岸边。"于是二人结了账，来到船里坐下。王惠说："当年在南昌与我会面的名叫景玉的公子，想必是你的叔叔吧？"蘧公孙说："是先父。"王惠惊讶地说："原来是令尊，难怪相貌相似，为什么是先父？难道已经去世了吗？”蘧公孙说：“先父在祖父离开南昌的第二年就去世了。”王惠听完，流下泪来，在蘧公孙耳边低声说：“我就是后任的南昌知府王惠。”蘧公孙吃惊地问道：“听说您已经荣升为南赣道的道台，为什么乔装打扮，独自一个人来到这儿？”王惠说：“只因为宁王反叛，我便挂印而逃，却因为南昌城被围困，所以来不及拿路费。”蘧公孙问道：“您如今打算去哪？”王惠说：“我已经是穷途末路，哪知道要去哪啊？”他始终没把投降宁王的事说出来。

公孙说：“老先生没能守住城池，如今也不便出来自首，只是您独自流浪，怎能没有路费？晚生这次是奉祖父之命到杭州的一个亲戚这里讨还银子，那些银子现在就在船上，现在送给您作路费，请您找一个僻静的地方避一避吧。”说完，取出二百两银子递给王惠，王惠极力感谢，说道：“两边的船都要赶路，不能久留，只得告别，不知怎样才能报答你的恩情！”说完跪了下去，蘧公孙慌忙跪下回拜了几拜。王惠又说：“我除了行李被褥之外，一无所有，只有一个小箱子，里面有几本旧书。如今我四处漂泊，担心被人认出来，惹起是非，就送给你吧。”蘧公孙答应了，他立刻上船拿出箱子交给蘧公孙，随后说道：“代我向令祖老先生问候，今生今世恐怕不能再见面了。来生做牛做马一定报答！”两个人挥泪道别后，王惠另租了一艘船到太湖，从此更姓改名，削发出家做僧人去了。

第六回

沽名钓誉蘧公孙

蘧公孙回到嘉兴，见了祖父，说起路上遇见王太守的事，蘧太守高兴地称赞公孙送王太守银子是义举。第二天，蘧公孙将王惠木箱中的书拿出来给蘧太守看，原来都是手抄本，只有一本是《高青丘集诗话》，有一百多张，都是高青丘亲笔书写，字迹非常俊秀。蘧太守说："这本书从前是皇上收藏的，天下没有第二本，多少人想见它都见不到。你现在无意间得到这本书，真是幸运。一定要好好收藏，不要轻易被人看见。"蘧公孙听了，心里想道："这本书既然是独一无二的，我为什么不把他重新抄写成书，添上我的名字印出来，准能出名！"主意已定，他竟然拿去刊印，把高青丘的名字写在上面，下面写上自己的名字。然后印刷了几百部，送给各位亲戚朋友，大家见了，都爱不释手。从此浙西各郡的人都知道蘧太守的孙儿是个少年名士，蘧太守知道了，也就时常教他做些诗词、写斗方，同那些名士互相赠答。

一天，蘧太守的两个表侄儿，娄三公子和娄四公子来拜访。这两位公子是湖州人，是已故的娄中堂的儿子。这位三公子叫娄玉亭，是个孝廉；四公子叫娄瑟亭，在国子监读书，是蘧太守一手提拔的。两位公子来到堂屋拜见蘧太守，蘧太守叫公孙过来拜见表叔，边喝茶边闲谈，还叫公孙把平日做的诗，拿几首来与二位表叔看。二位公子看了，称赞不已。一连住了四五天，二位公子辞别，蘧太守早上设酒席，席间说起公孙的婚事，请二位表侄儿留意些，二位公子高兴地答应了，当天中午，就坐船回家。

此时正是秋末冬初，昼短夜长。傍晚，船停泊在一个小镇上休息，第二天早上，船家在船中做饭，两兄弟上岸散步，只见屋角走来一个人，见了两位公子，跪下磕头，说道："娄少老爷，您还认得小人吗？"两公子说："看着面善，只是一时想不起来。"那人说："小人就是给令尊大人看坟的邹吉甫的儿子邹三。"邹三于是带两位公子回自己家，邹吉甫见到两位公子，觉得简直是喜从天降，连忙端茶倒水，准备酒菜，边吃边聊。邹吉甫说："我听人说，本朝的天下，本来是会同孔夫子的周朝一样好的，就为出了个永乐爷，给弄坏了，有这种说法吗？"三公子笑着说："你一个乡下的老实人，从哪里听到这些话？谁对你说的？"邹吉甫说："我本来不晓得这些话，只因为镇上盐店的一位管事先生，没事常来我们这里，有时坐在柳树下，说这些话，所以我常听见。"两公子大吃一惊，原来这两位公子因早年科举失势，未能中进士，入翰林院。以致一肚子牢骚不平，常说："自从永乐篡位之后，明朝就不成个天下！"每到酒酣耳热之时，更要发这一种议论。此时，两位公子仿佛找到了知音，忙问："这先生姓什么？"邹吉甫说："他姓杨，为人直率、又好看书，经常在袖口里藏一卷书，随处坐着，拿出来看。往常他饭后常出来散步，可惜现在要见这先生是不可能的了！”两公子问：“这先生去哪了？”邹吉甫道：“别提了！杨先生虽是生意人，却不善于记录账目，常常出外闲游，在店里时，也只是看书，所以一店里人都称呼他为‘老阿呆’。后来东家亲自到店里来，把账一算，居然缺了七百多两银子。问他，他还咬文嚼字，指手画脚的不服气，东家一气之下，写了一张状子，送到德清县衙门里。县太爷把杨先生捉去，到现在关在监狱里有一年半了。”三公子问：“他家能赔偿吗？”邹吉甫说：“能倒好了。他家就住在这村口四里以外，两个儿子都是蠢人，既不做生意，又不读书，还靠着老爹养活，拿什么赔偿？”四公子向三公子说：“穷乡僻壤，有这样的读书君子，还被守财奴侮辱，实在可恶！我们一定要想办法救人？”三公子说：“他不过是欠债，并没犯法，如今只要把事情问清楚，替他把这债还了就是了，这有什么难？”四公子说：“有道理！我们到家后就去办这件事。”邹吉甫说：“阿弥陀佛！二位少老爷肯做好事。如果能救出杨先生来，这一镇的人都会感激！”

第二天二位公子回到家，处理了一些家事，应酬了几天客人，便叫来一个办事的仆人晋爵，叫他去县里，打听杨先生的情况，晋爵查明情况回来禀报，那人名叫杨执中，是个贡生，而且的确亏空了盐店七百两银子。三公子于是给了晋爵七百两银子和自己写给知县的帖子，让他去把那杨贡生保出来。

晋爵只带二十两银子，找到在衙门当书办的拜把子兄弟，把这些银子送给书办，请他给出个主意。书办于是给知县老爷写了份报告，上面说："这个杨贡生是娄府的人，娄家两位老爷发了帖，现在娄府仆人作担保。娄府还说：这七百两银子，并非赃款，为什么要把杨贡生监禁？此事请老爷裁夺。"知县一看杨执中是娄家的人，心里慌了，却又不想得罪盐商。于是拿出官府里的一笔银子，补给盐商，准了晋爵保状，立刻把杨贡生放了出来。那七百多两银子，进了晋爵的口袋。

二位公子知道杨贡生被放了出来，以为他一定会来表示感谢，哪知杨执中并不知道是谁帮助了自己，问衙门的人，说是一个姓晋的保的他。他想，自己不认得这姓晋的，心里十分疑惑，也就不再想了。可二位公子还以为他是品行高洁，不流俗。后来，杨执中从邹吉甫那里得知是娄家两位公子救了他，于是感激涕零，声称改日一定要亲自去娄府拜访。

不久以后，蘧公孙前来拜见两位表叔，行过礼，两位公子请公孙到书房谈话。蘧公孙呈上祖父蘧太守的亲笔书信和礼物，还送上自己的诗集，每位一本，两位公子将此书大致翻了几页，称赞道："贤侄如此年轻就有大才学，实在难得。"蘧公孙说："我年少无知，还要表叔指点。"两位公子十分高兴，当晚设宴为公孙接风，留在书房休息。第二天早上起来，两位公子去拜访自己的同乡鲁编修。这位鲁编修在京城的翰林院做官，这次是回家乡料理家务，并为女儿选婿的。娄家两位公子拜访完他回来，随即吩咐仆人准备酒席，发请帖请鲁编修，为他接风。然后来到书房，对公孙笑着说道："我们明日请一位客人，麻烦你陪一陪。”蘧公孙问：“是哪一位？”三公子说：“就是我们的同乡鲁编修。是先父做会试主考官时录取的。”四公子接着说道：“他说到底也是个俗气的人，只因为我们和他是世兄弟，以前坐船时遇到过他，他请我们喝了酒，所以明天才邀请他来坐坐。”

第二天清早，派仆人去请，直到中午鲁编修才来，头戴纱帽，身穿蟒袍，进了大厅就要进去拜老师的牌位。两公子再三推辞，最后才坐下，喝完茶，蘧公孙出来拜见。三公子说：“这是在下的表侄，是在下的姑父南昌蘧太守的孙儿。”鲁编修说：“久仰久仰！”彼此谦让着坐下，相互寒暄过后，摆上两桌酒席来。鲁编修说：“老世兄，你我是世交，自己人何必这样客气！以小弟看，这大厅也太宽阔了，找一个稍小的房间，只要有一桌酒席，我们四人促膝谈心就好。”两公子听他这样说，就命人将酒席摆到书房里。鲁编修见书房里瓶、花、炉、几的位置摆放得十分得体，觉得心旷神怡。按宾主落座后，公子吩咐一声叫“焚香”，只见一个小童子，在几上捧了一个古铜香炉出去，随后两个管家进来放下暖帘，就出去了。一个时辰以后，酒斟三巡，那两个管家又进来把暖帘卷上。只见书房两边的墙壁上、板缝里，都喷出香气来，满屋的花香，鲁编修觉得自己简直飘飘欲仙。三公子向鲁编修说道：“香一定要这样烧，才不会觉得有烟气。”

编修赞叹了一番，同蘧公子谈到江西的事，问道：“接任令祖父做南昌太守的是王惠吧？”蘧公孙答道：“正是。”鲁编修说：“如今朝廷正在追捕他。”三公子说：“他是投降了宁王的。”鲁编修说：“他号称江西第一能臣，没想到宁王一来他就投降了。”四公子说：“他投降终归是不对的。”鲁编修说：“古语说得好：‘无兵无粮，为何不降’，只是在那些投降的官员中只有他是领着南赣好几个郡一齐投降的，所以朝廷把他的罪过看得很重，悬赏捉拿。”公孙听了这些话，从前的事一个字也不敢提。

四人推杯换盏，吃得十分愉快，两位公子把蘧公孙的诗和他刻的诗话拿出来，都称赞他年少才高，鲁编修也赞叹了很久，向两公子问道：“令表侄多大年纪？”三公子说：“十七。”鲁编修问生辰，三公子转问蘧公孙。公孙说：“小侄是三月十六亥时生的。”鲁编修点了一点头，记在心里。到晚席散了，两公子送了客，各自休息去了。

又过了几天，蘧公孙辞别两位表叔打算回嘉兴，两位公子坚持让他再住几天。这天，三公子在内书房写回复蘧太守的信。书童来禀报说：“外面有一位先生，要求见二位老爷。”三公子问道：“你回他我们不在家，把帖子留下吧。”书童说：“他没有帖子，问他姓名，也不肯说，只说要面见二位老爷。”三公子说道：“那先生是怎样一个人？”看门的道：“他有五六十岁，头上戴的是方巾，穿一件茧绸长衫，像个斯文人。”三公子大惊说道：“想必是杨执中来了。”忙放下信，请出四公子来，告诉他如此这般，似乎是杨执中的行径，于是对书童说：“请他在厅上坐，我们就出来。”书童答应着去了，请了那人到厅上坐下。

两公子出来相见，礼毕，奉坐，攀谈起来，三公子问道：

“先生贵姓？”那人答道：“晚生姓陈，草字和甫，一向在京师。昨天同翰林院鲁老先生来游贵乡，今得瞻二位老爷风采，十分荣幸。三老爷‘耳白于面，名满天下’；四老爷土星明亮，不日该有加官晋爵之喜。”四公子这才知道此人不是杨执中，于是问道：“不知先生来此有何指教？”陈和甫说道：“鲁老先生有句话托晚生来面致二位老爷。”于是两公子把他让到书房里说话。

来到书房里，陈和甫举眼四面一看，见院宇深沉，琴书潇洒，说道：“真是‘天上神仙府，人间宰相家’！”说完，将椅子移近跟前说：“鲁先生有一位千金，性情温柔、才貌出众，鲁老先生和夫人没有儿子，爱她如同掌上明珠，许多人家求亲，都没答应。昨天在您府上见到蘧太爷的孙儿，十分爱他的才华，所以托付晚生来问，蘧小公子可曾定亲？”三公子说：“我的这位表侄，还没定亲。承蒙鲁老先生喜爱，只是不知他家小姐与我家表侄年龄是否相仿？”陈和甫笑道：“这个倒不必顾虑，令表侄的生辰八字，鲁老先生在府上饮酒时已经问明白记在心里了，回到家就叫来晚生查算，小姐小蘧小公子一岁，今年十六岁了，二人生辰八字极为符合，天生一对好夫妻，将来必定多子多福。”四公子对三公子说：“难怪他在酒席间仔细询问表侄的生辰，我还不明白是为什么，原来早就有这样的打算。”三公子对陈和甫说：“这样太好了。承蒙鲁老先生喜爱，又请您来说和，我们马上写信告诉姑父，选个吉日去鲁老爷府上提亲。”当下，陈和甫告别，去鲁府回话去了。两位公子送走陈和甫，马上叫来蘧公孙讲明事情原委，随后给蘧太守写信，派仆人送去。

十几天后，仆人带来蘧太守的回信来见两位公子说："太老爷听了这话，十分高兴，向小人吩咐说：自己不能远来，这件事就麻烦二位老爷做主，或者娶回家去，或者在这里入赘，都由二位老爷决定。公子也不必回家，就住在这里办喜事吧。"说完，呈上回信和蘧太守给的五百两作聘礼的白银。两位公子收好回信和银子，选了个黄道吉日，准备好酒席，请来陈和甫和绍兴的名士牛布衣做媒人，酒宴过后，二位媒人坐上轿子，管家手持帖子，去鲁编修家求亲。鲁编修家里也设宴款待两位媒人，然后写好许婚的帖子，请二位媒人送给娄家。三日后，娄府办齐金银珠翠首饰，绫罗绸缎的礼服，酒肉、果品，共几十箱，又备了谢媒之礼，陈、牛二人，每位衣帽银十二两，果酒银四两，大家皆大欢喜。陈和甫算准了十二月初八是吉日，婚礼就定在这一天。鲁编修说自己只有这么一个女儿，舍不得嫁出门，要蘧公孙入赘，娄府也答应了。

到了十二月初八，娄府张灯结彩，先请两位媒人吃了一天。黄昏时，鼓乐齐鸣，娄府门前挂着的写有官衔的灯笼就有八十多对，加上蘧太守家的灯笼，足足摆了三四条街，还摆不下。这时天气初晴，浮云尚不曾退尽，灯上都用绿绸雨帷罩着。时辰一到，全套的吹鼓手，八对纱灯，引着四人抬大轿，蘧公孙端坐在里面。后面四顶轿子，是娄府两位公子、陈和甫以及牛布衣，四人一同送蘧公孙入赘。到了鲁府门口，开门钱就送了好几封，只见鲁府深宅大院，里面响起一片音乐声。四位先下轿进去，两位公子和两位媒人都穿着正式的礼服,鲁编修穿着纱帽蟒袍,缎靴金带,迎了出来,互相行过礼、奏过乐,蘧公孙穿戴着纱帽官袍,簪花披红,由八对红纱灯引着低头进来,到了大厅,拜见鲁编修。喝过三遍茶后,摆上六桌酒席,下面奏着乐。蘧公孙偷偷一看,这是个旧的三间厅的老房子,此时点了几十支大蜡烛,颇为辉煌。不一会儿,音乐声停止了,一群戏子走上来,客人们边喝酒边看戏,

不一会,酒过数巡,食供两套,仆人捧上汤来。那厨役雇的是个乡下小厮,他趿了一双钉鞋,捧着托盘,里面装着六碗粉汤,站在丹墀里踮起脚尖看戏。管家才端了四碗上去,还有两碗没端,他看到戏场上的小旦正在扮演一位名妓,扭扭捏捏地唱,他就看昏了头,忘其所以然,以为粉汤碗已经端完了,便把托盘向地下一掀,要倒那托盘里的汤脚,却听见'叮当'一声响,把两个碗和粉汤都打碎在地下。他一时慌了,弯下腰去抓那粉汤,又被两只狗争着,咂嘴弄舌的来抢那地下的粉汤吃。他怒从心上起,使尽平生气力,跷起一只脚来踢去,不想没踢到狗,却因为用力太猛,把一只钉鞋踢脱了,踢起有丈把高。恰巧陈和甫坐在左边的第一席,他刚夹起一个索粉八宝大汤圆,筷子还没到嘴边,忽然席口有一个乌黑的东西飞了过来,'乒乓'一声,把饭桌上的两盘点心打了个稀烂。陈和甫吓了一跳,慌忙站起来,衣袖又把粉汤碗打翻了,汤泼了一桌。满座上都觉得诧异。鲁编修看到这一情景,心中很不悦,觉得婚礼上发生这样的事不太吉利,像是不祥之兆,懊恼了一会,可大喜的日子又不好说什么,于是把管家叫到跟前骂了几句,说:"你们都是干什么吃的?叫这样的人捧

盘，可恶至极！过了喜事，一个个都要重责！”这面正乱着，戏也刚好演完了，众人点起花烛，把蘧公孙送进新房。厅上众客换席看戏，直到天明才散。

第二天，蘧公孙到大厅来又准备了酒席感谢各位亲友，散席后，回到新房里，重新摆上酒菜，此时鲁小姐已经卸了浓妆，衣着雅淡，蘧公孙仔细观看，小姐果然有闭月羞花之貌、沉鱼落雁之容。三四个丫鬟、奶娘，轮流侍奉，又有两个贴身侍女，一个叫作采苹，一个叫作双红，都是袅娜轻盈，十分美丽，此时的蘧公孙仿佛身游蓬莱仙境。

然而，他不知小姐还是个才女。鲁编修因为没有儿子，就把女儿当作儿子教育，五六岁就请先生开蒙，读的是《四书》、《五经》；十一二岁就讲书、读文章，先把一部王守溪的稿子读得滚瓜烂熟。教她做“破题”、“破承”、“起讲”、“题比”、“中比”成篇。那教书先生督课，同男子一样。鲁小姐既勤奋，资质又好，到此时，王、唐、瞿、薛，以及诸大家之文，历科程墨试卷，各省宗师考卷，肚里记得三千余篇。自己做出来的文章可谓理真法老，花团锦簇。鲁编修常常叹息说：“你要是个儿子，几十个进士、状元都中来了！”闲来无事，便和女儿说：“只要八股文写得好，随你写什么文章，要诗就诗，要赋就赋，都是一鞭一条痕，一掴一掌血。如果八股文写不好，任你写出什么都是邪魔外道！”小姐听了父亲的教训，梳妆台边，刺绣床前，摆满了一部一部的八股文章，每日细细地阅读、批改。人家送来的诗词歌赋，连正眼儿也不看。家里虽然有几本什么《千家诗》、《解学士诗》，东坡、小妹诗话之类，倒是都给伴读的侍女们看了，闲暇时也教侍女们作几句诗，当作消遣。这次招赘蘧公孙，真是门当户对、郎才女貌、“才子佳人，一双两好”。心想公孙不久以后准会成为少年进士。但婚后十多天，公孙对新房里的八股文章看都不看一眼。小姐心想：“这些自然都是他熟记在心的了。”又想：“他刚刚新婚，正贪图欢乐，还想不到这些事。”

又过了几天，公孙赴宴后回房，从袖子里拿出一本诗来拉着小姐一同看。小姐此时还害羞，不好问他，只得勉强看了一个时辰。第二天，小姐忍不住了，知道公孙坐在前边书房里，就拿出一张红纸，写下一行题目，是“身修而后家齐”，叫采苹过来，说道：“你去拿给姑爷，说是老爷请他写一篇文章。”公孙接过来一看，笑着说：“写八股文我不在行。况且到府里还没满一个月，我要做两件雅事，这样的俗事，我才不耐烦做哩！”公孙心想才女一定会喜欢听这样脱俗的话，没想到他正犯了小姐的忌讳。

当晚奶娘走进房来看小姐，小姐泪汪汪，唉声叹气地把白天发生的事告诉奶娘说：“我原以为他精通科举，很快就能考中举人、进士，谁想到竟是这样，岂不是误了我终身？”奶娘劝了一会。从此小姐整天心事重重，公孙也觉得惭愧，每当说到科举的事情上来，总是默不作声，劝得紧了，反说小姐俗气。小姐于是更加忧愁。

夫人知道后，来劝女儿说：“傻孩子，依我看新姑爷的品貌也算是一流的了，况且你爹就是看重了他是个少年名士。”小姐说：“母亲，从古到今，哪里会有不中进士就成名士的人?”于是越说越生气。夫人和奶娘都劝说道:“这是你的终身大事,不要这样想。况且以现在咱们家和蘧家的家业,就算姑爷不中进士、不做官,难道还能少了你用的?”小姐说:“‘好男不吃分家饭,好女不穿嫁时衣。’依孩儿的意思,总是自己挣一个功名好,靠着祖宗,只能算是不成器!”夫人说:“即使这样,也只能慢慢劝他。这是急不得的。”奶娘笑着说:“要是姑爷不中,将来生出小公子来,就由你教养,不要学他父亲,还怕教不出个状元来替你争口气?”说着,和夫人一齐笑起来。小姐叹了一口气,也只能算了。后来鲁编修听见这些话,也出了两个题目让公孙写,公孙勉强写出来。编修公看了,都是些诗词上的话,不是正经的八股文,因此心情也不好。全亏夫人疼爱女婿,把他当成心头肉。

后来,鲁编修因为女婿不肯参加科举考试,心里生气,商量要纳一房妾,生一个儿子来教他读书、考进士。夫人自然不同意,于是他满肚子怨气,不小心跌了一跤,半身麻木,口眼有些歪斜。小姐泪眼汪汪地在一旁伺候,公孙也无可奈何,请来陈和甫看病,切了脉后,陈和甫说:“看老先生这脉象,是心情抑郁所致,治疗就先以顺气祛痰为主吧。”于是写了药方。一连吃了四五服药,口不歪了,只是舌根还有些麻木,陈和甫又看过了脉,改了一个药方,加入几味祛风的药,渐渐见效。蘧公孙陪在岳父身边十多天,见岳父身体好转,就趁着编修公午睡时,偷空溜出家门,到二位娄氏表叔家去了。

第七回

喜交名士娄氏公子

公孙来到娄府，一进书房，遇见前来拜谢两位公子救命之恩的杨执中，大家行过见面礼，一同坐下。杨执中称赞两位公子说："二位先生这样礼贤好士，可惜小弟我是微不足道的！我有个朋友，姓权，名勿用，字潜斋，在萧山县山里住，这个人才华足以经天纬地，学问可谓空古绝今，两位先生何不结识他？"两位公子一听吃惊地说："天下竟有这样的贤德之人，我们怎么能不去拜访？"于是立即派仆人晋爵的儿子宦成，收拾行李，带了书信、礼物前往萧山去请。

宦成奉命，上了去杭州的船。在船上遇见了两个头戴方巾的萧山县人，一个是少年，另一个留着胡子。宦成向他们打听道："萧山有一位权老爷，二位认识他吗？"少年回答道："我没听说过有个什么权老爷。"宦成说："听说他的号叫作潜斋？"那少年道："潜斋？没有这个人哪。"那留胡子的人笑着说："是他吗？真是可笑！"向那少年说："你不知道他的故事，我跟你说，他在山里住，祖先都是务农的人，到他父亲那一辈，挣起几个钱，把他送到村里的学堂读书。读到十七八岁，就出来应考。后来他父亲死了，他既不会种田，又不会做生意，坐吃山空，把家业败得精光。他还总是考不中，足足考了三十多年，连县考的复试也没中过。于是在村里的土地庙里教几个孩子念书。自己则每年都去应考，混日子罢了。没想到他又倒霉运，那年遇着湖州新市镇上盐店里来讨账的叫什么杨执中的伙计，这个老头子住在庙里，呆头呆脑，嘴里说着什么天文地理、济世救民的胡话。他听见后就像鬼附身似的发了疯，从此不应考了，要做个高人，自从做上高人，连学生也不教了，家穷得要命，只好在村里靠骗人过日子，嘴里动不动就说：'我和你是至交兄弟，分什么彼此？你的就是我的，我的就是你的。'这几句话，都成了他的口头禅了。"那少年说："他天天骗人，哪有这么多人可骗？"那留胡子的说道："他哪一件不是骗来的！我们同住一个乡，也不便细说。"又转过头来问宦成："您问他干什么？"宦成回答说："没什么，就是问一声儿。"心里却暗暗笑道："我家二位老爷也真可笑，多少大官来拜访，还怕不够交，大老远的让我来请一个骗子干什么？没道理呀！"

几天后，宦成换船来到萧山，找寻了大半天，才找到权勿用在山坳里搭建的几间破草屋。敲门进去。只见权勿用穿着一身白孝服，头上戴着高高的白孝帽，问明了来意，请宦成住在后面一间屋里的稻草铺上，第二天早上写好回信，对宦成说："多谢你家老爷厚爱，但我正在守孝，不便出门。厚礼我先收下，再过二十多天我家老太太百日一过，我一定到老爷们府上拜访。实在是怠慢您了，这两分银子，送给您买酒喝。"说着将一个小纸包递给宦成，宦成接了说："多谢权老爷。到时候，权老爷一定要来，我家主人还盼着您。”权勿用说：“这个自然。”然后送宦成出门。

宦成还是搭船，带了书信回湖州向两公子复命。两公子很失望，吩咐人把书房后一个宽阔敞亮的大亭子换了一匾，匾上写着“潜亭”，表示权潜斋会来住，还把杨执中安排在亭子后面的一间房里住。杨执中老年多病，夜里要人做伴，就把他的第二个蠢儿子老六叫来同住，大家每晚都喝得不醉不归。

一个月过去了，杨执中又写了一封信去催权勿用，权勿用看了信，乘船出发来湖州。在城外上了岸，他衣服也不换一件，左手搭着个被套，右手把大布袖子晃来晃去，在街上横着膀子乱撞。撞过了城门外的吊桥，那路上人很挤，他也不知道该往哪个方向走，恰好有个乡下人在城里卖完了柴回家，肩头上横扛着一根尖扁担，权勿用与他面对面撞过去，他的孝帽子被横挑在扁担尖上。乡下人低着头走，也不知道，就过去了。他吃了一惊，摸摸头上，孝帽子不见了。看见在那人的扁担上，就乱招手，大喊道：“那是我的帽子！”乡下人走得快，没听见。他本来就不认识路，这时着了急，七手八脚地乱跑，眼睛又不看着前面，没跑多远，一头撞到一顶轿子上，把那轿子里的官儿乎撞的跌下来。

那官大怒，问是什么人，叫前面两个差役，用链子将他锁起来。他不服气，冲着官指手画脚地乱吵。那官落下轿子，要审问他，差役叫他跪下，他睁着眼不肯跪，惹得街上围了六七十人来看热闹。此时人群中走出一个人来，头戴一顶武士巾，身穿一件青绢箭衣，几根黄胡子，两只大眼睛，走近前向那官说道："老爷且请息怒。这个人是娄府请来的贵客，虽然冲撞了老爷，若是处罚了他，恐怕娄府知道了不好看。"那官听见这话，含糊地说了几句，就命人抬起轿子走了。权勿用定睛一看，此人是他的旧相识，侠客张铁臂。有句话说得好：相请不如偶遇。权勿用于是带上张铁臂一起去拜访娄府。

两人到了娄府门口，看门的看见他穿着一身白，头上又不戴帽子，后面领着一个雄赳赳的人，口口声声要会三老爷、四老爷。门上人问他姓名，他死活不肯说，只说："你家老爷已知道了。"看门的不肯传话，他就在门上大嚷大叫。闹了一会，说："你把杨执中老爹请出来！"看门的没办法，请出杨执中来。杨执中看见他这副模样，吓了一跳，问道："你怎么连帽子都弄丢了？"于是叫他先坐在大门口的板凳上，自己慌忙走进去，拿出一顶旧方巾来给他戴上，戴好后忽然看见后面还有一位武士打扮的人，便问："这位壮士是谁？"权勿用说："他就是我和你说过的有名的大侠张铁臂。"杨执中连忙施礼说道："久仰，久仰！"三个人一起进入娄府，权勿用提起刚才的事，杨执中摆着手说："一会儿见了公子，这话不必提起了。"这时两公子都不在家，两人跟着杨执中到书房里，洗脸吃饭。

晚间，两公子回家，来书房会见权勿用，彼此相见恨晚，随后给他看了"潜亭"，说出了对他的仰慕。又见他带了一个侠客来，更觉得他举止不凡，于是重新摆上酒菜。酒宴上二位公子问起"铁臂"二字的由来，张铁臂说："晚生小时候力大无穷，朋友们和我打赌，叫我横躺在大街中央，把手臂伸开，有一辆足有四五千斤重的牛车经过，车轮恰好从我的手臂上压过去，那时晚生一用力，把胳膊一挣，只听见‘哨’的一声，那车就过去了几十步远。看看胳膊上，白印也没有一个，所以众人就送给我这么个绰号。”三公子鼓掌说道：“听了这件快事，足可以喝上一斗酒，各位都拿大杯来！”权勿用推辞说：“我在服丧，不饮酒。”四公子忙叫人上茶。张铁臂又说：“晚生十八般武艺样样精通，马上十八，马下十八，鞭、铜、锤、刀、枪、剑、戟都擅长，只是脾气不好，最喜欢路见不平，拔刀相助，一有钱就爱帮助穷人，所以才身无分文，四海为家。”四公子称赞说：“这才是英雄本色。”权勿用提议道：“张兄最善于舞剑，今天各位先生都在，张兄为什么不展示一番？”两公子大喜，立刻叫仆人取出一柄松文古剑来，递给他。张铁臂灯下拔剑，光芒闪烁，随后脱了上盖的箭衣，束一束腰，手持宝剑，走出天井，众客都一拥出来。两公子叫道：“且慢！快点蜡烛来。”一声说罢，十几个管家小厮，每人手里执着一支蜡烛，明晃晃地点着，摆列在天井两边。张铁臂一上一下，一左一右，舞出许多分身来，舞到那酣畅的时候，只见冷森森一片寒光，如万道银蛇乱掣，并不见个人在那里，只觉阴风袭人，令看者毛发皆竖。权勿用又在桌上取了一个铜盘，叫管家贮满了水，蘸着洒，一点也不得入。一会儿，大叫一声，寒光陡散，还是一柄剑执在手里。舞完再看张铁臂，脸上不红，心头不跳。众人称赞一番，一直喝到四更才散席。从此，权勿用、张铁臂成为娄府的贵客。

这时正是四月中旬，春意盎然，一天，三公子向大家提议要举办一个大宴会，请各位游览莺脰湖。此时天气渐暖，权勿用身上那一件大粗白布衣服太厚，穿着太热了，思量当几钱银子去买些蓝布，缝一件单长衫，好穿了做游莺脰湖的贵宾。心里算计已定，就瞒着公子，托张铁臂去当了五百文钱来，放在床上枕头边。白天在潜亭上眺望，晚里归房歇息，摸一摸，床头间五百文一个也不见了。思量着房里没有别人，只有杨执中的蠢儿子在那里，于是一直找到大门的门房里，见他正坐在那里说呆话，便叫道："老六，和你说话。"老六已是喝得烂醉了，问道："老叔，叫我做什么？"权勿用问道："我枕头边的五百钱你可曾看见？"老六道："看见了。"权勿用问道："哪里去了？"老六说："是下午时候，我拿出去赌钱输了，还剩有十来个在口袋里，留着买烧酒。"权勿用说道："老六，这也奇了，我的钱，你怎么拿去赌输了？"老六道："老叔，你我原是一个人，你的就是我的，我的就是你的，分什么彼此？"说完，把头一掉，就几步跨出去了。把权勿用气得干瞪眼，敢怒而不敢言，真是说不出来的苦。自此，权勿用与杨执中彼此不合，权勿用说杨执中是个呆子，杨执中说权勿用是个疯子。最后，三公子见他没有衣服穿，只好取出一件浅蓝绸长衫送给他。

果然，没几天，两公子请遍了各位宾客，吩咐厨师准备酒宴，叫来两只大船和一群戏子。大家都换了单衣服，手拿纨扇，同游莺脰湖。这一次虽算不得大会，却也聚了许多人，参加的人是：娄玉亭三公子、娄瑟亭四公子、名士蘧公孙、高士牛布衣、杨执中、权勿用、侠客张铁臂、算命的陈和甫,也请了鲁编修,但他没来。席间八位名士,连同杨执中的蠢儿子杨老六,共九人。当下牛布衣吟诗,张铁臂舞剑,陈和甫打哄说笑,伴着两公子的雍容文雅,蘧公孙的俊俏风流,杨执中的古貌古心,权勿用的怪模怪样:真是一大胜会。两艘船的窗户大开,小船上奏着音乐,更有十几个阔衣高帽的管家在船头上轮番上菜斟酒,那食品的精致,茶酒的清香,自然不必细说。喝到傍晚,两只船上点起五六十盏羊角灯,映着月色湖光,照耀得如同白昼一般,音乐声一响,更是仿佛在游仙境,乐声传到十几里开外。两边岸上的人,好像看到了神仙,谁会不羡慕呢?

游了一整夜,第二天早上回来,蘧公孙去见鲁编修,鲁编修说:"令表叔在家应该只专心读书考科举,怎么结交这样一群人?如此招摇,只怕会惹出是非。"第二天,蘧公孙向两位表叔谈起这些话。三公子大笑说道:"我也不知道你岳父怎么就俗到这个地步!"还没说完,仆人进来禀报说:"鲁大老爷已经被升迁为侍读,老爷们须要去道喜。"蘧公孙听了,慌忙先回去道喜。到了晚上,蘧公孙派仆人跑来说:"不好了,鲁大老爷接着诏书,正在高兴,准备酒席庆贺,没想到突然发病了,现在已经不省人事了。快请二位老爷过去!"两位公子听了,也来不及准备轿子,忙走去看。到了鲁府,进门听见一片哭声,知道人已经去世。蘧公孙十分哀伤,主持葬礼,尽入赘女婿的义务。

几天后的二更半,两位公子正在房中商量事情,忽然听见房上的瓦响了，一个人从屋檐上跳下来，满身是血，手里提了一个革囊，两公子借着烛光一看，是张铁臂，就吃惊地问起原因。张铁臂解释说："二位老爷请坐，听我慢慢说。我有一个恩人，一个仇人。对于这个仇人，一直以来我都无从下手，今天才有机会报仇，这革囊里面的就是他的人头。我的恩人现在住在十里之外，须要五百两银子去报他的大恩。我的心事一了结，从此就可以舍身帮助朋友了。我今夜来这儿就是想请二位老爷帮我，如果不行，我也只能远走他乡了。"说完提了革囊要走。两公子此时已吓得心惊胆战，忙拦住问："张兄不要慌，五百两银子是小事！只是人头怎么处置？"张铁臂笑道："这有什么难！我略施剑术，就可以让它消失，就是时间来不及。只要我拿到银子报完恩，再回来取出囊中的东西，加上我的药末，人头立刻就会化成水，这最多花两个时辰。二位老爷可以准备筵席，广招宾客，看我做这件事。"两公子听完，十分惊讶，忙到房间里拿出五百两银子给张铁臂。张铁臂将革囊放在台阶下，收好银子，叫了一声多谢，飞上房檐，只听一片瓦响，无影无踪了。

当夜万籁俱寂，月色初上，照着阶下革囊里血淋淋的人头。两位公子虽然出身豪门，不怕出事，可看见一个血淋淋的人头丢在内房的台阶下，未免难受。四公子向三公子说道："张铁臂是大侠，决不会不守信用，我们却不可以做俗人。干脆我们办几桌酒席，请几个朋友，等他来时打开革囊，用药将人头化成水，这可是不容易看见的事。我们就把这个宴会叫作'人头会'，你看怎么样？"三公子答应了，天一亮，就吩咐办酒席，把牛布衣、陈和甫、蘧公孙都请来，而且只是说来喝酒，等到张铁臂来时，再告诉他们实情，好让大家都吃一惊。

客人都到齐了，彼此说着闲话。等了三四个时辰，张大侠还不来，一直等到中午，还没来。两位公子十分着急，直等到傍晚，酒菜都已经准备好了，仍然没来，两公子心里焦躁，说："他如果不来，这人头怎么处理呀？"直到很晚了，家里的太太闻见臭味，不放心，派人请两位老爷去看，二位老爷没办法，才硬着头皮打开革囊，一看，不禁大吃一惊，哪里是人头！里面装的分明是一个六七斤的猪头！两位公子面面相觑，不敢出声，立刻叫人把猪头拿到厨房赏给仆人们吃。

两公子悄悄商量，这件事决不能让人知道，照旧出来陪客人喝酒。正喝着，仆人来禀报，说乌程县的县令，派差役拿着帖子来拜见，三公子让四公子陪着客人，自己走到大厅来见差役。差役呈上乌程县衙门的公文，上面写着："萧山县恶棍权勿用，诱拐霸占尼姑心远，现此人潜逃贵地，劳烦捉拿归案，以便审理。"看完，差役说："我们老爷知道这人在您府里，想必是老爷不知道他做的事，所以收留他。而今求老爷把他交给小的，本县的差役正等在门外，我交与他带回去，他要是逃走了，小的们不好交差。"说完，递上传票和逮捕的文书。三公子说："我知道了，你在外面等候。"差役答应着出去了。

三公子很惭愧，叫人请四公子和杨执中出来。二位一起来，看了文书和衙门的传票，四公子也觉得尴尬。杨执中劝说道："三先生、四先生，他弄出这样的事来，先生们不能再庇护他了。如今我去跟他说，把他交给官差吧。"两公子没办

张铁臂用猪头行骗娄公子

法。杨执中走进书房，在酒席上一五一十地说了。权勿用红着脸说：“真就是真，假就是假，我就跟他们去，怕什么！”两公子走进来，碍着面子，说了些打抱不平的话，又喝两杯告别酒，拿出银子送作路费，送出大门，那两个官差见他出了娄府，两位公子已经回去，就把他用链子锁起来了。

这件事过后，两公子会见名士的兴致也减了大半，从此闭门不出，料理家务。几天后，蘧公孙来辞别，说蘧太守有病，要回嘉兴去伺候。两公子听见，就同公孙一起去探望姑父。到了嘉兴，蘧太守已经奄奄一息了。公孙奉太守之命，托两位表叔替他接鲁小姐回家，两位公子给家里写信，打发婢女去说，鲁夫人不肯，小姐深明大义，和母亲说了，要去服侍。这时候采苹已经嫁人了，双红陪小姐来到嘉兴时太守已经去世了。公孙继承了蘧家的家业，鲁小姐带来嫁妆，服侍长辈，料理家务，一切都处理得井井有条，亲戚们没有不夸奖她的。等到蘧太守的葬礼办完，娄府两公子就回湖州去了。

第八回

迂腐热心马二先生

蘧公孙守孝三年，因为眼看两个表叔半世结交名士，却落得一场扫兴，所以把这做名士的心也看淡了，诗话也不再印刷送人了。鲁小姐头胎生的小儿子，已有四岁了。小姐每天把他关在房里讲《四书》，读八股文。公孙也在旁边指点。他也想同考科举的朋友谈谈举业，可惜嘉兴的朋友都知道公孙是个作诗的名士，所以都不来亲近他。

一天他从街上走过，见一个新书店里贴着一张大红纸的报帖，上面写着嘉兴府大街文海楼书坊请来处州的马纯上先生选编八股文，即将编辑刊印。公孙见是八股文选家马纯上先生，于是急忙到家换了衣服，写好拜帖到书坊拜访。书店的伙计把马先生请下楼，只见马二先生身长八尺，仪表不凡，头戴方巾，身穿蓝长衫，脚下穿粉底皂靴，面色深黑，有几根胡子。双方互相行礼后坐下，马二先生看了帖子，说道：“尊名像在诗上见过，久仰久仰！”公孙说：“先生来操选政，真乃文章泰斗，小弟仰慕，谒见来迟。”这时店主捧出茶来，二人一边喝茶一边聊，互相诉说着对彼此的仰慕，公孙这才知道，这位马二先生早年参加科举考试考过六七个第一，可惜后来越来越不顺利。谈了一会公孙告别，马二先生问明了住处，说明天就来回拜。公孙回家向鲁小姐说："马二先生明天来拜，他是个考科举的行家。要准备酒席留他吃饭。"小姐高兴地答应了。

第二天一早，马二先生换了大衣服，写了回帖，来到蘧府。公孙忙请他进大厅，设宴款待，马二先生很高兴。席间，公孙请教说："先生选八股文，以哪一种文章为主？"马二先生答道："文章总要以理法为主，任他风格怎样改变，理法总是不变，好文章不可以带注疏气，尤其不可以带辞赋气。带注疏气的文章缺少文采，然而带辞赋气的文章更是与圣贤的口气相背离，所以尤其要忌讳带辞赋气。"公孙又问："这是做文章了，请问批文章是怎样一个道理？"马二先生说："也是完全不可以带辞赋气。小弟我从前看见前辈的批语，有些风花雪月的字样，被那些后生们看见，便要想到诗辞歌赋那条路上去，这是要将风气带坏的。所以小弟批文章，总是引用《语类》《或问》上的名句。时常一个批语要思考半夜，不肯草率下笔，要读过文章后就悟出十几篇道理才好。将来小弟的选集选成后，一定送来请教。"说着，仆人端出酒菜，都是家常菜肴：一碗炖鸭，一碗煮鸡，一条鱼，一大碗煨得稀烂的猪肉。马二先生胃口很好，举起筷子来向公孙说道："你我是知己相逢，不必客气，这鱼就不吃了，倒是肉好。"于是吃了四碗饭，将一大碗肉吃得干干净净，仆人又端来了一碗，马二先生连汤都喝光了才离席，喝起清茶。一边喝一边问道："先生出身名门，又有大才，早该金榜题名了，为什么会被困在这里？"公孙说:“小弟因为父亲早逝,在先祖身边料理些家务,所以没有参加科举。”马二先生说道:“你这就错了。举业二字是从古到今人人必须要做的。比如春秋时用‘言扬行举’,也就是靠言行是否高尚来选拔官吏,所以孔子才说‘言寡尤,行寡悔,禄在其中’,意思是只要言行谨慎、不犯错,就可能做官,这就是孔子的举业。到战国时,凭借游说诸侯做官,所以孟子游说齐梁,这便是孟子的举业。汉朝用‘贤良方正’作为标准,所以公孙弘、董仲舒被提拔,这便是汉人的举业。到唐朝则考诗赋,他们要是讲孔孟的话,就没有官做了,所以唐朝人都会写几句诗,这就是唐朝人的举业。到宋朝又好了,都用学理学的人做官,所以程颢、程颐和朱熹就讲理学,这便是宋人的举业。到本朝用八股文选拔官员,这是极好的法则,就是孔夫子在世,也要念八股、考科举,绝不会说‘言寡尤,行寡悔’之类的话。为什么呢?你天天说‘言寡尤,行寡悔’,谁会给你官做?孔子的道也就不行了。”一席话说得蘧公孙如梦方醒。又留他吃了晚饭,结为生死之交,从此,来往不断。

公孙不善于写八股文,难以踏入科举之路,鲁小姐便把希望全部寄托在儿子身上,每天教儿子读书到深夜,有时那小儿子书背不熟,小姐就要督促他念到天亮,先打发公孙到书房里去睡。丫鬟双红常常在旁边伺候他。她会念诗,常拿些诗来请公孙给她讲。公孙心里喜欢她的勤快、聪明,就把以前收的王惠的旧木箱送给她装针线,又无意中把遇见王惠的事向她说了。没想到娄府的仆人宦成同她有私情,竟大胆来到嘉兴,把这丫头拐走了。公孙知道后大怒,告到了秀水县衙，衙门将两个人捉回来，关在一个官差家里，宦成求人来央求公孙，愿意出几十两银子买下双红做老婆。公孙坚决不肯，县令把丫头判给蘧家，宦成则被那个官差送进县衙，打了一顿板子，那个官差还敲诈宦成的银子，宦成把银子用光了，连衣服都当了。

一天晚上，这两口子在官差家里商议，要把这个旧木箱拿出去卖几十个钱来买饭吃。双红是个丫头，不知道外面的事，就把这个木箱的来历一五一十地说给宦成听。正议论着箱子能卖多少钱，只听那官差一脚把门踢开，走进来骂道："你这倒霉鬼！放着这样大财不发，还在这里受瘟罪！"宦成问道："老爹，我有什么财可发？"官差答道："你这傻孩子！我跟你说，这件事便宜得很哩！老婆白白送你，还可以得几百两银子，你可要请我喝酒，将来银子同我平分，我才和你说。"随后官差拿出二百文钱，买酒买肉，同宦成两口子吃，算是借给宦成的，先记在账上，事成后加还，可就是不说他的计策。三个人喝得大醉后才去休息。

第二天，在一个茶馆，官差找来宦成说道："我昨晚听见你们说的木箱是王大爷的。王大爷投降了宁王，又逃走了，是个钦犯，这箱子就是个钦赃。蘧家结交钦犯，藏着钦赃，如果出来说出去就是杀头充军的罪，他还敢把你怎么样？"宦成听了他这一番话，如梦方醒，说道："老爹，我现在就写状子揭发。"差役说："呆兄弟，这又错了。你一揭发，就把他一家杀了个精光，对你也没好处，弄不着他一个钱，况且你又和他无仇。如今只要找个人来吓一吓他，吓出几百两银子来，把丫头白白送你做老婆，不要赎身钱，这事也就算了。”宦成说：“多谢老爹费心，如今只求老爹替我做主。”官差说：“你别慌。”立刻付了茶钱，一同走出来，并嘱咐宦成这件事到家千万别对双红提起。从此，宦成管官差借银子，大酒大肉，且落得快活。

这边蘧公孙催着官差将双红送还给他，官差只敷衍他，今日就说明日，明日就说后日，后日又说再迟三五日。公孙急了，要写状子告官差。官差对宦成说：“这事要动手了！”又问：“蘧小相公平日可有至交好友？”宦成说道：“这却不知道。”回去问丫头，丫头说：“他在这里好友不多，我只听到有个书店里姓马的来过几次。”宦成将这话告诉官差，官差说：“这就容易了。”便去找人代笔，写下一张揭发逆贼的检举信，然后找到文海楼，一直进去请马先生说话。

马二先生见是衙门里的官差，不知发生了什么事，只得请他上楼坐下，官差说：“先生是否同南昌府的蘧小公子是好友？”马二先生说：“这是我极好的弟兄。你问他干什么？”官差往两边看了看说：“这里没有外人吗？”马二先生说：“没有。”于是把座位移到跟前，拿出告密信来给马二先生看，说：“他家竟有这样的事。我们衙门里的人心肠好，所以通个信给他，早点想办法吧！”马二先生看完，吓得面如土色，又仔细问明情况，请求官差千万要把事情先压下来。那官差给马二先生出主意，说“钱到公事办、火到猪头烂”，只要花些银子，把这木箱买回来，这事便能解决。马二先生听完，立刻锁了楼门，同差役到酒店里，大盘大碗地请官差吃着，商量这件事，经过一番讨价还价，马二先生决定把自己的全部积蓄九十二两银子拿出来，再多一厘钱也拿不出来了。官差趁此机会要求他写一张婚书，说明准许宦成、双红夫妻的婚事，才肯把木箱还给马二先生。

两个人商定一手交钱和婚书，一手交木箱。第二天官差把箱子拿到文海楼来交给马二先生，拿着婚书和足足九十二两银子走了。回到家中，把婚书藏起来，另外开列了一篇细账，借贷和吃用以及衙门的开销，共七十多两，只剩了十几两银子递给宦成。宦成嫌少，被他一顿臭骂说："你奸拐了人家的婢女，犯了法，若不是我替你遮掩，只怕县太爷会打折你的狗腿！我替你白白的骗了一个老婆，又骗了这么多银子，你不知感谢，反倒管我要银子！来！我现在就带你去见县太爷，先把你打几十板子，丫头让蘧家领回去，叫你吃不了兜着走！"宦成被他骂得闭口无言，忙收了银子，千恩万谢，领着双红，去外地讨生活去了。

马二先生拿到木箱，把它藏在文海楼上，便飞奔到蘧府，蘧公孙刚从祖父的坟上回来，得知马二先生来拜访，便请他到书房坐下，马二先生先是问了些坟上的事，然后慢慢把话说到这件事上来。蘧公孙起初时还遮遮掩掩，马二先生只得把话讲明，劝他马上把箱子劈开烧了，免得再惹是生非。公孙听完大吃一惊，忙取一把椅子，放在中间，把马二先生按了坐下，跪下拜了四拜。请他坐在书房里，自己去把刚才的事告诉鲁小姐，又说道："像这样的才是真正的朋友，有意气！有肝胆！结识了这样的正人君子，实在是不枉此生！像我娄家表叔结交了多少人，一个个丢人现眼，如果听见这些事，岂不羞死！”鲁小姐也十分感激，准备好饭留马二先生吃过，叫人跟去将箱子取来毁了。

第二天，马二先生来辞别，说：“我原本在杭州选书，现在给文海楼选的书已经完事，所以要回去了。”公孙依依不舍，可马二先生坚持要走。于是公孙准备了二两银子，备了些熏肉小菜，亲自到文海楼来送行，并要了两部新选的文章回去。

马二先生坐船回到杭州，在文瀚楼书坊住了几天，见没有什么文章可选，就带了几个钱，要到西湖上走走。这西湖乃是天下第一个真山真水的景致。且不说那灵隐的幽深，天竺的清雅，只说出了钱塘门，过圣因寺，上了苏堤，中间是金沙港，转过去就望见雷峰塔，到了净慈寺，有十多里路，真是五步一楼，十步一阁，一处是金粉楼台，一处是竹篱茅舍，一处是桃柳争妍，一处是桑麻遍野。那些卖酒的青帘高扬，卖茶的红炭满炉，仕女游人，络绎不绝，真不愧是“三十六家花酒店，七十二座营弦楼”。

游到第三天，来到城隍山。城隍山就是吴山，就在杭州城中。他走不多远，已到了山脚下。望着几十层阶级，走了上去，横过来又是几十层阶级，马二先生一气走上，不觉气喘。看见一个大庙门前卖茶，喝了一碗。进去见是伍子胥伍相国的庙，他作了个揖，把匾联看了一遍，然后又走上去。路越来越窄，他终于气喘吁吁地来到“片石居”，只见里面像是个花园，有些楼阁。马二先生走了进去，看见窗户关着，于是在门外往里张望了一下，见几个人围着一张桌子，摆着一座香炉，众人围着，像是请仙的意思。马二先生想道："这是他们请仙来判断功名大事，我也进去问一问。"站了一会，望见那人磕起头来，旁边的人说道："请了一个才女来了。"马二先生听了暗笑，只听那人问："是李清照吗？"又一个问道："那就是苏若兰？"又一个拍手说道："原来是朱淑贞！"马二先生心想："这些是什么人？料想不是管功名的了，我不如走吧。"

从"片石居"的后门出来，又转过两个弯，只见左边一条小径，路两边玲珑怪石，千奇万状。沿着小径向前走，过了一个小石桥，见到一座大庙，穿过大庙，又有一座石桥，很不好走，马二先生攀藤附葛，走过桥去。终于见到一个小小的祠堂，匾上写着"丁仙之祠"。马二先生走进去，见祠堂中间立着一个仙人，左边一只仙鹤，右边竖着一座二十个字的碑。他看见签筒，心想："我困在此处，何不求个签，问问吉凶？"正要跪下求签，听见后面有人叫道："马二先生，要想求财，怎么不问我？"马二先生回头一看，只见祠门口站着一个人，身长八尺、头戴方巾、身穿绸衫、右手拄着龙头拐杖、一部大白须直垂过脐，飘飘然有神仙之气。马二先生慌忙上前施礼说道："学生不知先生到此，失敬！失敬！只是我与先生从没见过面，您怎么知道学生姓马？"那人说道："'天下何人不识君？'先生既遇着老夫，不必求签了，同我到房间谈谈。"马二先生于是跟随他走出丁仙祠，祠门口却是一条平坦大路，一块石头也没有，未及一刻的工夫，就走到了伍相国庙。马二先生心里疑惑："原来有这么近的路！我刚才走错路了。"又疑惑地想："这恐怕是神仙的缩地腾云术吧。"来到庙门口，那人请他进去坐。

伍相国庙的大殿很宽大，又有后花园，园里有五间大楼，四面窗子冲着江望湖。那人就住在楼上，邀马二先生上楼，互相施礼坐下，随后吩咐随从准备饭。那些随从都穿着齐齐整整的绸缎衣服，每人脚下着一双新靴子。马二先生抬头一看，楼中间挂着一个大条幅，上面写着冰盘大的二十八个大字的一首绝句诗：

南渡年来此地游，而今不比旧风流。

湖光山色浑无赖，挥手轻吟过十洲。

后面一行写"天台洪憨仙题"。马二先生看过《纲鉴》，知道南渡是宋高宗的事，一算，已是三百多年前的事了，便更加认定眼前的人是个神仙。所以问道："这诗作是老先生的？"那人说："憨仙是我的号。偶尔作诗消遣，不值一提。先生如爱看诗句，我这里有前几天同抚台、藩台等大人在湖上唱和时写的诗，等一下拿给您一卷。"说着就拿出一个手写的诗集来。马二先生打开一看，都是手写的七言律诗，咏的是西湖上的景，于是称赞了一番，又还了回去。不一会，有四个随从捧上饭来，一大盘稀烂的羊肉，一盘糟鸭，一大碗火腿虾圆杂烩，又是一碗清汤，虽是便饭，却也十分丰盛。马二先生虽然不饿，但也不好辜负了仙人的好意，尽力地吃了一顿，然后撤下碗筷，闲谈起来。

洪憨仙问："先生大名鼎鼎，书坊争着请您选文章，今天为何来祠里求签？"马二先生说道："不瞒老先生说，晚生今年在嘉兴选了一部文章，得了几十两银子，却因为帮助一个朋友而用光了。如今来到这里，虽然住在书坊里，却无文章可选。积蓄已经花光，心中烦闷，所以出来闲走，要在这仙祠里求个签，问问是否有发财的机会。没想到遇着老先生，已经说破了晚生心事，这签也不必求了。”洪憨仙说：“发财也不难，但大财要以后才能发，现在只能发个小财，可以吗？”马二先生说：“只要发财，哪论大小！只是不知这财要怎么发？”洪憨仙想了一会，走进房内，摸出一个包来，里面有几块黑煤，递给马二先生说：“你将这东西拿到你的住处，点起火，拿个罐子把它放在里面，看会变成什么东西，再来和我说。”

马二先生接着，辞别了憨仙，回到住处。晚间照憨仙说的烧火，把罐子放上，烧了一会，拿下罐子一倒，竟是一锭细丝纹银。马二先生喜出望外，一连倒了六七罐，倒出六七锭大纹银。他不知道这银子能不能用，于是第二天清早，上街到钱店里去看，钱店都说是十足纹银，随后他换了几千钱，拿回住处，把钱收好，来到洪憨仙的住处道谢。洪憨仙已迎出门来问道：“昨晚怎么样？”马二先生说道：“果然是仙家妙用！”如此这般地告诉憨仙倒出纹银的事。洪憨仙说：“早着哩！我这里还有些，先生再拿去试试。”随即又取出一个包来，比以前多三四倍，送给马二先生，又留着吃过饭，辞别回来，马二先生照着老办法足足倒出八九十两银子。他无比高兴，将银子收好。

一日，洪憨仙来请他说话。马二先生走来。憨仙说道：“先生，你来自处州，我来自台州，相近，原要算同乡。今天有个客来拜访，我和你要认作表弟兄，如何？”马二先生问：“请问这位尊客是谁?”憨仙说:“是这城里胡尚书家的三公子,名缜,字密之。尚书公留下不少遗产,可这位公子却有钱癖,思量着钱是多多益善,要学我这‘烧银’之法,眼下可以拿出白银万两,做炉火药物之费。但此事需要一个中间人,先生的大名他是知道的,况且您在书坊选文章,是有踪迹可寻的人,他也可以放心。”憨仙还许诺七七四十九天之后,要送给马二先生一个可以点石成金的‘银母’。马二先生见他有这样的神仙法术,有什么不信!高兴地答应了,坐在那里,等胡三公子来了,三公子同憨仙互相施礼,便问马二先生:“贵乡贵姓?”憨仙说:“这是舍弟,就是各书坊所请的处州马纯上先生,《三科墨程持运》就是他选的。”胡三公子连忙施礼。三公子举眼一看,见洪憨仙人物轩昂,行李华丽,四个随从轮流献茶,又和选家马先生是至亲,欢喜放心至极,当下把事情敲定,之后摆上酒席,喝到晚上才散,马二先生坐轿回到文瀚楼。

四天后,马二先生见憨仙没来请他,便走去看他。一进了门,见那几个随从慌慌张张,问明原因,原来是洪憨仙病重,医生已经不肯下药了。马二先生大吃一惊,急忙上楼进房内去看。人已经奄奄一息,头都抬不起来了。马二先生在这里照顾了两天多,洪憨仙寿数已尽,断气了。那四个人慌忙查看,几个箱子都是空的,只找到四五件绸缎衣服还能当几两银子,连买棺材都不够。这几个人也并不是随从,是一个儿子,两个侄儿,一个女婿,这时都对马二先生说了实话。马二先生又心肠好,立刻回去取来十两银子,给他们作丧葬费。帮他们料理后事，洪憨仙的儿子守着哭，侄子上街买棺材，女婿没事，同马二先生到隔壁茶馆谈天。

马二先生不解地问：“令岳父是个活神仙，今年有三百多岁，怎么忽然死了？”女婿说：“笑话！他老人家今年才六十六岁，哪里有三百岁！他老人家就是不守本分，才会落得这么一个收场。不瞒先生说，我们都是买卖人，放着好好的生意不做，他如今腿一伸去了，连累我们讨饭回乡！”马二先生问：“他老人家床头那一包一包的‘黑煤’，烧起来，一倒就是纹银。”女婿说：“哪里是什么‘黑煤’！那就是银子，用煤涂黑了的！用火一烧，银子的本色就现出来了。那原本就是拿来骗人的，用完了那些，就没有了。”马二先生还问：“可是，他如果不是神仙，怎么在丁仙祠第一次见到我，就知道我姓马？”女婿回答说：“你又错了，他那天在片石居做法事回来，看见你坐在书店看书，书店的伙计问你尊姓大名，你说我就是书面上的马什么，被他听到了。世间哪里来的神仙！”马二先生恍然大悟：“他结交我原来是要借我骗胡三公子，幸亏胡家时运高，没被得手。”转念又一想：“他亏待了我什么？我到底还是该感激他。”于是回去帮他结清庙里的房钱，又买来纸钱吊唁，剩下的银子，送给那四个人作路费，送他们走了。

第九回

蜕变堕落匡超人

马二先生送殡回来，到城隍山喝茶。忽然看见茶棚旁添了一张小桌子，一个少年坐在那里拆字。那少年虽然瘦小，但却很精神，然而奇怪的是他面前摆着字盘笔砚，手里却拿着一本书看。马二先生心里诧异，假装要拆字，走近一看，原来那少年读的就是他新选的《三科程墨持运》。马二先生于是走到桌旁，在板凳上坐下，那少年放下文章，问道："您是要拆字的？"马二先生说："我走累了，想在这里坐坐。"那少年忙让他坐下，还请他喝茶。马二先生见他乖巧，就问："长兄，你贵姓？是杭州城里人吗？"那少年看他戴着方巾，知道是读书人，便回答道："晚生姓匡，不是杭州人。晚生在温州府乐清县住。"马二先生见他戴顶破毡帽，身穿一件破烂的单布衣服，问道："长兄，你远离家乡，来做这拆字算卦的营生，是赚不了大钱的，恐怕连糊口都难。你今年多大年纪？家里有父母妻子吗？我看你这么勤奋，想必也是个读书人。"那少年说道："晚生今年二十二岁，还没娶过妻子，家里父母都在，小时候也上过几年学，因家境贫寒，书读不成了。去年跟着一个卖柴的商人来省城，在柴行里记账，不想商人做生意赔了本，我没钱回家,只好流落在这里。前几天我遇见一个同乡,说我父亲在家病重,现在也不知道是否健在,所以心里很难过。"说完,那豆大的眼泪掉了下来。

马二先生十分同情他,说:"你不要伤心。你叫什么名字?"那少年收起眼泪说:"晚生叫匡迥,号超人。还不曾请问先生贵姓。"马二先生说:"这你不必问,你刚才看的文章,封面上写着的马纯上就是我。"匡超人听了这话,慌忙作揖磕头,说道:"晚生真是'有眼不识泰山'!"马二先生忙还了礼,说:"快别这样,你我萍水相逢,又都是读书人。现在天也晚了,长兄何不收了摊子,到我的住处谈谈?"匡超人很乐意,于是收拾好东西,背着包,跟马二先生去文瀚楼。

到了文瀚楼,马二先生开了房门请他坐下,问道:"长兄,你现在心里还想着读书考科举吗?还想着回家去看父亲吗?"匡超人听见这样的话,又落下眼泪,说:"先生,我现在缺衣少食,哪里还有本钱读书?只是父亲在家患病,只要能到父亲跟前,我死也瞑目!可现在我作为儿子,不能回去侍奉,真是连禽兽也不如,所以心里恨透了自己,不如早死了算了!"马二先生听他言辞诚恳,十分感动,当即留他吃了晚饭,到晚上,给他出了个题目,让他第二天写好,想看看他的文笔是否有希望进学。

第二天,马二先生才起来,他的文章已经连夜写好,送了过来。马二先生十分欢喜,说道:"你真是又勤学,又敏捷,可敬!可敬!"把那文章看了一遍,说:"文章才气是有,只是理法欠缺些。"于是拿起笔圈点着,从头至尾,认真批改。然后说:"你在这里终究不是长久之计,我送你路费,你回家吧。"

匡超人说:“您要是资助我,借我一两银子就好了。”马二先生道:“那怎么行,你一到家,既要供养父母,又要读书。我给你十两银子,你回去做些生意,请医生看令尊的病。”于是立即打开箱子取出十两银子,又找出一件旧棉袄、一双鞋,都递给他。匡超人接了衣裳、银子,流着泪,感激不尽,说道:“先生这样帮助我,我匡迥何以为报!我愿意与您结拜为兄弟,只是不知长兄您是否答应?”马二先生大喜,立即受了他两拜,又同他拜了两拜,结为兄弟。留他在楼上,准备酒菜,替他饯行。劝他回家后好好用功读书,将来走仕途之路。又到自己的书架上,仔细选了几部文章,卷好塞在他的棉袄里,说道:“这都是好的,你拿去读。”匡超人依依不舍,但是因为急于要回家看父亲,只得洒泪告辞,马二先生拉着他,同他到城隍山的住处取了铺盖,又送他出清波门,一直送到船上,看着他上了船才回城去。

匡超人过了钱塘江,搭上了开往温州的船。在船上,与抚院大人的差役郑老爹闲聊,说起了孝敬父母的事,郑老爹说:“如今人情淡薄,读书的人都不孝敬父母。温州的张家,弟兄三个都是秀才,两个大的怀疑父亲偏心小儿子,在家吵闹,吵得父亲急了,告到衙门。这弟兄两个在府、县里都用了钱,反告他父亲装可怜,把状子撤了。幸亏一位老师爷主持公道,告到我家抚院大人的衙门,大人批准了,派我到温州提这些犯人。”匡超人听见这话,心里叹息说:“有钱的人不孝敬父母,像我这样的穷人,要孝敬父母又不能,真是不公平!”过了两天,船靠岸了,匡超人改走旱路回家。

一路上风餐露宿,终于看见自己家的门了。心里欢喜,两步并作一步,急忙跑来敲门。母亲听见是他的声音,开门迎了出来,高兴地说:“小二! 你回来了!”匡超人说:“娘! 我回来了!”放下行李,整一整衣服,给娘作揖磕头。他娘捏一捏他身上,见他穿着极厚的棉袄,才放下心。对他说:“自从你走后,这一年多,我时刻都感到不安! 一天夜里梦见你掉在水里,我哭醒了。又一天夜里梦见你把腿摔折了。又有一夜梦见你回家看着我哭,把我也哭醒了。还有一夜又梦见你头戴纱帽,说做了官。我笑着说:‘他一个庄稼人,哪有官做?’旁边一个人说道:‘这官不是你儿子,但你儿子也做了官,只是今生再也不到你跟前来了。’我又哭起来说:‘如果做了官就不能再见面,这官不做也罢了!’说着就哭醒了。把你爹也吓醒了。你爹问我,我一五一十地把这梦告诉你爹,你爹说我想儿子都想痴了。没想到就在这一夜你爹得了病,半边身子动弹不了,现在正在房里睡觉。”

外边说着话,他父亲匡太公在房里已听见儿子回来了,顿时觉得病好了许多,有了些精神。匡超人走到跟前,叫一声:“爹! 儿子回来了!”上前磕了头。太公叫他坐在床沿上,细细告诉他得病的原因,说道:“你走后,你三房里的叔叔就想着霸占我这个屋。我想卖给他也好,另租房子,剩几两银子,等你回来做个小本生意。有人对我说:‘你这屋是他的屋子的边屋,他该多出几两银子。’哪知有钱的人只想便宜,不但不肯多出钱,照时值估价还要少几两,他知道我等米下锅,就要挟我。我赌气不卖给他,他就来逼迫,我和他在祠堂里彼此争论,他竟打我。族里这些有钱的,受了三房的嘱托,都偏向他,倒说我不对,我没办法,只好写上卖房契约,低价把房子卖了。你哥又不中用,说了几句‘道三不着两’的话。我受了这口气,回来就病倒了。自从我病倒,日子越发艰难。你哥见日子艰难,就同你嫂子商量,嚷着要分家。我想我又没有家私给他,自挣自吃,也只得由他,他而今每早挑着担子在各处赶集,挣的钱两口子还养不过来。我又睡在这里,终日只有出的气,没有进的气,隔壁的三房不顾我的死活,三五天来催一回,口里不知多少闲话。你又去的不知下落。你娘想着,一天两场的哭!”匡超人听了说:“爹,这些事先不要心急,静静的养好了病。我在杭州时一个先生送了我十两银子,我明天就去做个小生意,挣些钱。三房里来催,怕他怎么的!我来跟他说。”

父子俩正说着,母亲走进来叫他吃饭,他跟了走进厨房,拜见嫂子。吃完饭,忙去集市,用剩下的路费买了一只猪蹄回来煨着,晚上给太公吃。此时他哥也挑着担子进门,他向哥哥作揖下跪,哥扶住了他,同坐在堂屋,告诉了些家里的苦楚。他哥愁眉苦脸地说:“老爹而今有些昏头了,说的话‘道三不着两’的。现今人家催房子,他熬着不肯走,带累我受气。他疼的是你,你早晚说着他些。”说罢,把担子挑到房里去。等到饭菜做好,一家人一起吃晚饭。太公因为儿子回家,又有些荤菜,胃口好了许多。晚上,匡超人拿来被单睡在太公脚边上。

第二天清早起来,匡超人拿银子到集市上买了几口猪,养在圈里,又买了豆子。先把猪拉出一个来杀了,烫洗干净,卖了一早晨。又把豆子磨成豆腐,也都卖了钱,拿来放在太公床底下。就在太公跟前坐着,见太公烦闷,便把那些西湖上的景致，以及卖的各样的吃的东西和听到的笑话细说给太公听。太公听了也笑。过了一会儿，太公要方便，母亲忙走进来，正要替太公垫布，匡超人说："爹要方便。不要这样做。这布垫在被窝里，出的也不自在，况且每日要洗这布，娘也怕熏得慌，不要熏伤了胃气。"太公说："我要是站得起来倒好了，这也是没办法！"匡超人说道："不用站起来，我有办法。"说着连忙到厨房端了一个瓦盆，盛上一瓦盆的灰，拿进去放在床面前，还端了一条板凳，放在瓦盆外边，自己上床，把太公扶着横过来，两只脚放在板凳上，屁股紧对着瓦盆的灰。他自己钻在中间，双膝跪下，把太公两条腿搭在自己肩上，让太公安安稳稳地方便，过后，又把太公两腿扶上床，帮太公把身子直过来。

晚上，又扶太公坐起来吃了晚饭。太公睡觉后，他便把从省里带来的一个大铁灯装满了油点着，坐在太公旁边，拿出文章来念。太公睡不着，夜里要吐痰、喝茶，一直到四更，他就读到四更鼓。太公叫一声，就在跟前。太公夜里要方便，以前没人服侍，要忍到天亮，现在有儿子伺候，夜里要去就去，晚饭也放心多吃几口。匡超人每夜四更才睡，只睡一个时辰就起来杀猪，磨豆腐。匡超人的肉和豆腐卖得很好，家里的钱也渐渐多了起来，他便在集市上买鸡、鸭，或是鱼来给父亲吃。因此太公的身体渐渐好转，就和两个儿子商议要找房子搬家，匡超人说："父亲的病才好些，干脆等再好点再走也不迟。"那边人来催，也都是他支吾过去的。

三房催得越来越紧，匡超人敷衍不过去，只得同他硬顶了几句，那些人急了，发狠说："三天后再不搬家，叫人来摘门揭瓦！”匡超人心里着急，又不肯向父亲说出。三天后的晚上，太公才睡下，他在灯下念书，忽然听见门外一声响，有几十人一齐吆喝起来。他心里怀疑是三房叫人来揭瓦。可没想到却是大火。匡超人忙进房去把太公扶起来，背在身上，把两只手搂得紧紧的，往外跑。一家人死里逃生，可房子却烧成了空地。他没办法，只好到村南头大路上的一个和尚庙借宿，不久后又托村里的潘保正在和尚庙旁边的大路口替他租了间半屋，搬去住下。幸亏着火那晚他没睡觉，本钱还带在身上，所以现在依旧杀猪、磨豆腐过日子，晚间点灯念文章。可太公却因为受到惊吓，病得更重了。匡超人虽然忧愁，还是不停读书。

那一天读书读到二更多天，正读得高兴，忽听窗外锣响，许多火把簇拥着一个官轿子过去，后面马蹄声一片，知道是本县的知县李本瑛路过，他也没住口，由着县太爷过去了，不想李知县这一晚就在庄上的公馆住下了，李知县心中叹息道：“在这样的穷乡僻壤里，夜深时分还有人刻苦读书，真是可敬！只是不知道这人是秀才还是童生？”于是立刻传潘保正来问话，潘保正说明了匡家的情况：“房子被火烧了。暂时在这里住。念文章的是他家第二个儿子匡迥，每日念到三四更。他不是秀才，也不是童生，只是个小本生意人。”李知县听完很同情，立刻发了一个帖子，让潘保正明日拿给匡超人，说现在考试在即，叫他报名来应考。

第二天，李知县进城回衙门去了。潘保正送来帖子，匡超人喜从天降，捧了帖子去向父亲说了，太公也欢喜。到晚上匡超人的哥哥回来，太公又把这话向他哥说了，他哥不信。

过了几天,县里果然出告示考童生。匡超人买了卷子去应考,一路通过了初试、复试,被李知县录取为第一名,发榜后,李知县亲自接见他,问明了他家里的这些苦楚,便送给他二两银子。这时冬天已过,主考的宗师来到温州。恰好李知县拜见学道,在学道前下了一跪,说:"卑职录取的案首匡迥,是孤寒之士,且是孝子。"就把他的孝行细细说了。学道说:"'士先器识而后辞章',如果品行至孝,文辞倒是其次。昨天看匡迥的文字,理法虽不太清晰,但才气是极好的。你请回,我知道了。"不久后发榜,匡超人被录取为乐清县头名秀才。他拜谢宗师和父母,又拜李知县为老师。太公又吩咐要找个时间买祭品到祖坟上去拜奠。

那天上坟回来,太公觉得身体不舒服,从此一病不起,吃了药也不见效,饭也渐渐不能吃了。匡超人到处求医问卜,知道凶多吉少,只好同哥哥商议,替太公准备后事。那日,太公知道自己已经不行了,于是将两个儿子叫到跟前,吩咐说:"我现在怕是不行了。我一生是个没用的人,也没能给你们留下家产。老二你侥幸考中了秀才,将来能不能中举人、进士还不知道。但依我看,功名到底是身外之物,德行是最重要、最要紧的。我看你十分孝顺,千万不要将来有了权势,就变成势利眼。我死之后,你守孝期一满,就定亲吧,总要找穷人家的女儿,千万不可贪图富贵。你哥没读过书,可你还是要敬重他,和侍奉我一样才好!"兄弟两个哭着听了,太公去世,全家大哭起来,匡超人呼天抢地,安排后事,逢七便去坟上哭着祭奠。

一天,他从坟上祭奠了回来,天色已黑。刚到家,潘保正慌忙跑来向他说:“二相公,你知道吗,县老爷犯事了,今天温州府的二太爷来把他的印摘去了。他是你老师,你也该进城去看看。”匡超人听了大吃一惊,第二天一大早慌忙换了素服,要进城去看。快到城门时,没想到城门紧闭,原来城里的百姓们为了留住李知县,正在鸣锣罢市,围住了摘印的官,要夺回印信,城里已经闹成一片,所以才大白天关了城门。匡超人进不去,只得回来听消息。

第三天,他听说省里派来安民的官,要捉拿为首闹事的人。又过了三四天,匡超人从坟上回来,潘保正迎着他说道:“不好了,大祸临头了!”匡超人问是什么事,潘保正解释说安民的官下令秘密追查闹事的百姓,衙门里有两个没良心的差役,诬陷匡超人也参与了闹事,现在上面正在调查。潘保正建议匡超人去外面躲一躲。

匡超人吓得手忙脚乱,想出去避难,可又不知去哪,潘保正说:“这样吧,你去杭州,我有个远房弟弟,人们都叫他潘三爷,现在在布政司当差,家里就在布政司门前的山上住。我给你写一封信,你去找他,凡事叫他照顾你,他为人慷慨,一定会帮忙。”匡超人千恩万谢,哭着拜别母亲,拿上行李、书和潘保正的信前往杭州。

走了几天旱路,到温州搭船,来到杭州,匡超人背着行李,走到文瀚楼找马二先生,不巧他已经回处州去了。文瀚楼主人认得他,留他在楼上住。第二天,他拿了书信去找潘三爷,潘三爷也不在,潘家的仆人说要三四十天后才回来。

匡超人只得回文瀚楼。第二天清晨,文瀚楼主人走上楼来,坐下说道:“先生,现在有一件事要同你商量。”匡超人问是什么事，原来是请匡超人帮忙在半个月之内批改一批即将出版的八股文考卷文章，共三百多篇，书刻出来，封面上就刻匡超人的名号，还有银子和几十本样书送上。匡超人心里算计，这是有利可图的好事，半个月也能做出来，于是当面答应了。主人随即搬了许多的考卷文章上楼来，又说："发样书的时候再请您一回，出书的时候还请您。平常每日就是普通菜饭，初二、十六，跟着店里吃'牙祭肉'，茶水、灯油，都是店里供给。"

匡超人大喜，当晚点起灯来，不住地批，一批就批出五十篇，听到门外才敲交四鼓。匡超人高兴地想："像这样，哪里要半个月！"吹灯睡下，第二天早上起来又批，一天加半夜，共批了七八十篇，六日之内，把三百多篇文章都批完了。批完拿给书店去看，店主人看完高兴地说："从前马二先生在时，三百篇文章要批两个月，催他他还要发怒，没想到先生批得又快又细。先生就住在这儿吧，将来各书坊里都要来请您，生意多着哩！"说着拿出二两银子，说："刻完的时候，再送先生五十本样书。"又准备了酒请匡超人在楼上喝。

匡超人在杭州城找到了生财之道，此后便经常替书坊批文章。一天早上，他还在睡觉，听下面有人喊："匡先生，有客来拜。"他连忙穿上衣服下楼，只见一个人坐在楼下，穿着差役的官服，黄胡子，高颧骨，脸色黄黑，一双直眼。那人见匡超人下来，便问："这位是匡二相公吗？"匡超人说："贱姓匡，请问您尊姓大名？"那人说："在下姓潘，前日看见家兄的书信，说二相公你来省城。"匡超人知道此人就是潘三，于是慌忙作揖行礼，请到楼上坐下。潘三说："那天二相公来时，恰巧我不在。前天回来，看见家兄的书信，极力称赞二相公为人聪明，又做过许多好事，真是可敬。”匡超人说：“小弟来省城，特地投奔三哥，不想您出去了。今天能够见到您，真是高兴。”

说完，自己下去拿茶，又托书店买了两盘点心，拿上楼来。潘三吃了两个点心，便放下说：“吃点心干什么，我请你到街上去吃饭。”叫匡超人锁了门，一起来到饭店。潘三叫了一只整鸭，一大碗海参杂烩，一大盘白肉，饭店里见是潘三爷，吓得屁滚尿流，鸭和肉都捡上好的、肥的切来，海参杂烩多加调料。两人先斟两壶酒。吃完就出来，潘三也不算账，只对老板吩咐一声说：“是我的。”那店主人忙拱手说：“三爷您请便，小店知道。”

走出店门，潘三带匡超人去自己家，进门刚请匡超人坐下，只见外边走进一个人来请潘三爷说话。潘三请匡超人先坐着，自己出去看，原来是开赌场的王老六。潘三问：“老六，好久不见，来找我干什么?”王老六说：“请三爷到外边说话。”潘三同他走到一个僻静茶室里坐下。王老六说道：“如今有一件事，可以发个小财，所以才来和三爷商议。”潘三问是什么事。老六说：“昨天钱塘县衙门里的捕快捉到一群恶棍在茅家铺轮奸乐清县大户人家逃出来的一个使女，叫荷花。县里王太爷把恶棍每人打了几十板子放了，然后要把这荷花押解回乐清去，我们乡下有个财主姓胡，他看上了这个丫头，商量着要想个办法把这件事瞒下，然后出几百两银子把这丫头买下来。”潘三出主意说：“我家现住着一位乐清县的相公，他和乐清县的太爷关系很好，我托他去弄一张批文来，就说荷花已经押解到，被家人领走了。我再托人在这里的衙门弄一个朱签来，到路上把荷花截住，送到胡家，怎么样？”当下商量好计策，就要王老六找胡财主要银子去了。

潘三独自坐着喝茶，只见又有一个人慌慌张张地走了进来，说道：“三老爹！我哪里都找不到您，原来在这里喝茶！”潘三问：“找我干什么？”那人说：“城外四十里，有个乡下人叫施美卿，把弟媳妇卖给了黄祥甫，银子都收了，可弟媳妇要守节，不肯嫁。施美卿同媒人商量着要抢，媒人说：‘我不认得你家弟媳妇。’施美卿说：‘每天清早我弟媳妇出来去屋后抱柴火，你明日派人埋伏在那里，遇着就抢吧。’大家按照计策第二日把人抢回去了。没想到那天抱柴火的不是他弟媳妇，而是他老婆，抢回去后，已经睡了一晚。施美卿来要讨还他的老婆，黄祥甫不肯，施美卿告了状，黄祥甫也要告状，却因为讲亲时没写个婚书，没有凭据，现在要写一个，乡下人不知道该怎么写，所以求我来同老爹商议，还特地送几两银子来孝敬。”潘三听完说：“我当是什么事，这样大惊小怪！这事我替你办！”

潘三回到家，把仆人打发下去，对匡超人说：“二相公，你就住在这，我和你有话说。”于是把他留在后面的楼上，起草了一个婚书稿和一个衙门的回批，叫匡超人写了，又拿出用豆腐干刻的假印，取出朱砂红笔，叫匡超人写了一个赶回文书的朱签，盖上假印。办完，拿出酒来喝。第二天清早，两处都送来银子，潘三收了，然后拿出二十两银子递给匡超人，匡超人高兴地接了。从此潘三办事常常叫上他，时不时分他几两银子，匡超人的衣着逐渐光鲜了起来。

不知不觉住了两年了，一天潘三请匡超人去自己家喝酒，恰巧李四前来拜访，原来主考的宗师已经来到绍兴，有个叫金东崖的小官想让儿子金跃参加考试，可这个金跃连字也不认识几个，所以金家想请人替考。潘三问："他愿出多少银子？"李四说："绍兴的秀才，足足值一千两一个。现在一半也要他五百两。只是眼下难的是找一个替考的人。"潘三说："这事你就别管了，替考的人我来找，衙门里打点也由我来，你叫他把五百两银子兑出来，封在当铺里，另外拿三十两银子给我作路费，我包他一个秀才。如果考不中，五百两银子一丝也不动，怎么样？"李四说："这没的说了。"当下说定，约好时间来封银子。

潘三送李四出去，回来同匡超人商量说："二相公，这个事用得着你了。"匡超人说："我刚才听见了。用得着我，只就替考。但我到底是在外面做好文章递进去，还是进考场去替他考？如果要进去替他考，我可没有这样的胆子。"潘三说："不妨，有我在！我怎么会害你？等他拿了银子来，我同你一起去绍兴。"

过了几日，潘三果然来找匡超人，二人来到绍兴府，找了一个僻静的巷子住下。第二天，李四带来金跃会面。潘三打听到主考的宗师已经到会稽了，三更时，带匡超人悄悄来到班房门口。拿出一顶高黑帽、一件青布衣、一条红搭包来，叫他穿上。低声嘱咐了他该如此这般，就把他送到班房。

敲过五更鼓，学道三炮升堂，匡超人手执水火棍，跟着衙役，吆喝着进去，排班站在二门口。学道出来点名，点到童生金跃，匡超人递个眼色给他，那童生是早就约定好的，不进自

匡超人乔装替金跃考秀才

己的号房，而是悄悄站在黑影里。匡超人退下几步，走到那童生跟前，躲在他背后，把帽子拿下来给他戴上，把水火棍递给他，衣服也换过来。金跃拿着水火棍，站在那里。匡超人取来考卷来到号房，写好了文章，交卷出来，回到住处，神不知鬼不觉。发榜时，这金跃便高中了。

潘三同他回家，拿出二百两银子送给他，说道："二相公，你如今得了这一大笔钱，可不要乱花，要做些正经事。"匡超人问："什么正经事？"潘三说："你现今守孝期也满了，还没娶亲。我有一个朋友，姓郑，在抚院大人的衙门里。这郑老爹是个忠厚的人，儿子也在衙门当差。他托我替他的三女儿做个媒，我一向也想着你，你们年龄也相当，只因为你没钱，我就没认真替你说，现在只要你愿意，我一说就妥，你先入赘，一切费用都由他家出，我还另外帮你些。"匡超人十分高兴，感激不尽，潘三果然去和郑老爹说，算了生辰八字，又向匡超人要了十二两银子去换几件首饰、做四件衣服送去。

婚礼定在十月十五日，吉时一到，匡超人便乘着轿子来入赘。郑老爹家住巡抚衙门旁边的一个小巷内，总共三间房。翁婿一见，才知道就是那年回去的同船之人。当下匡超人拜了岳父岳母和亲戚们外加潘三。酒宴过后，郑家把匡超人请进新房，匡超人见新娘端庄美丽，更是满心欢喜。

婚后夫妻生活美满，因为郑家屋小，居住不方便，多亏有潘三帮忙，才花低价在书店附近买了四间屋子，又买了些桌椅、米粮之类，搬了进去。一年后，生了一个女儿，夫妻更加恩爱。

一天，忽然有一个穿青衣的人来拜访，这人是当年乐清县的县令，也就是匡超人的老师李本瑛派来的。这位李知县的冤案早已平反昭雪，如今已经升为京官，这次派人来请匡超人进京。正好他刚接到哥哥匡大的书信，说主考的宗师来到温州，叫他回来参加考试。匡超人不敢怠慢，向妻子说了，一面接丈母娘来做伴，一面收拾行李去应考。考试完毕，宗师十分欣赏他，录取为第一名，成为贡生。他欢喜地谢了宗师，然后回杭州，先到织锦店里织了三件衣服：自己一件，母亲一件，妻子一件，随后同潘三商议，决定要回乐清乡里去挂匾、竖旗杆。

出发前夕，匡超人在酒店喝酒，突然听见有客人议论说潘三出事了。原来潘三制造官印、拐卖人口、找人替考等案子东窗事发，现在已经被关进监狱。匡超人听完后吓得面如土色，心里暗想："这些事，有两件我也参与了，要是追究起来可怎么办？"考虑了大半天，最后决定，赶快起身进京。于是匆忙赶回家，要把妻子送到乐清老家去，妻子最初不愿去，可他终日威逼，竟然偷偷找人来把家里的房子给卖了，妻子只好哭哭啼啼，拜别父母，坐船去乐清老家。

妻子一走，匡超人立即收拾行李来到京师拜见担任京官的李本瑛，李本瑛很高兴，帮他得到了太学生的资格，还请他在自己家中住下。一天，两个人闲谈，李大人问他是否已娶妻，匡超人暗想，老师是位高官，在他面前说自己的岳父是抚院的差役，恐怕他会轻视自己，于是答道："还不曾。"李大人便提出将自己心爱的外甥女辛小姐嫁给他。匡超人想到"戏文上说的蔡状元招赘牛相府，传为佳话”的事，就高兴地答应了。

婚礼当天，李府张灯结彩，匡超人身穿新郎礼服，拜了天地，进入洞房。揭去盖头，见新娘子人物标致，嫁妆丰厚，仿佛瑶宫仙子、月下嫦娥，他的魂都飘到九霄云外去了，哪里还能想到自己的结发妻子。

新婚不久，匡超人考取了教习的职位，要回浙江省取结，也就是回家乡开具保证文书。他没办法，含着眼泪辞别辛小姐回浙江来，一进杭州城，先到他的旧岳父郑老爹家来。进了郑家门，只见郑老爹两眼哭得通红，对面坐着的就是他哥哥匡大，里边的岳母正在大声哭喊，匡超人吓了一跳，向丈人作了揖，便问：“哥哥什么时候来的？老爹家出了什么事？”只听里面的岳母哭着说：“都是你，把我一个娇滴滴的女儿活活折磨死了！”匡超人这时才知道郑氏妻子已经死了，忙走出来问他哥。匡大道：“自从你走后，弟媳到了家里，为人很好，母亲也欢喜。哪想她是城里人，过不惯我们乡下的日子。况且你嫂子在乡下做的事，她是一样也做不来，又不愿白白坐着叫婆婆和嫂子服侍，因此心里着急，吐起血来。乡里又没个好医生，病了不到一百天，就去世了。我也是才到，所以郑老爹、郑太太听见哭了。”

匡超人听见了这些话，也落下几滴泪来，便问后事是怎样办的，匡大说用的是她娘的棺木。匡超人拿出几两银子，让大哥拿回去在妻子坟头多添两层厚砖，又说：“她如今也算是诰命夫人了，到时请人替她画个像，逢年过节，供在家里，叫小女儿烧香,她的魂灵也高兴。哥将来在家,也要叫人称呼为'老爷',凡事立起体统来,别自己倒了架子。我将来做了大官,少不得连哥嫂都接到府上同享荣华。"匡大被他说得眼花缭乱,浑身都酥了,所有的事情都按照他的意思办。

过了三四天,衙门里的蒋刑房来拜见,原来监狱里的潘三听说匡超人取得功名回来了,所以特地请蒋刑房来求匡超人救他。匡超人听蒋刑房说完来意,慢慢站起身说:"潘三哥是个豪杰,他没犯事时,遇见我,常请我到酒店里坐坐,如今犯了事,我本该到监狱里去看一看,只是小弟如今比不得做儒生的时候,现在既然是替朝廷办事,就要依照朝廷的赏罚,如果到这样的地方去看人,便是赏罚不明了。"蒋刑房忙说:"先生并不在本城做官,你只算去看看朋友,有什么赏罚不明?"匡超人说:"蒋先生,这话我本不该说,因是知己面前说也无妨。潘三哥做的这些事,就是我做地方官,也是要捉拿他的。如今倒反去看他,难道说朝廷的处分是错的?这就不是做臣子的道理了。况且我在这里取结,院里、司里都知道的,如果去探望他的事被上边知道,就是小弟一生的污点。这如何行得!还请蒋先生您多费心,凡事照应。如果小弟侥幸,回去就得个肥差,到任一年半载后再带几百两银子来帮他吧。"蒋刑房听他这样说,觉得已经没有任何余地,就回到监狱回复潘三去了。

第十回

冒名顶替牛浦郎

匡超人取定了结，包下了一只大船的头等舱，收拾行李上船回京。在前往扬州途中，遇到两位名士：一个老年的，身穿丝绸长衫，正是牛布衣，要到芜湖县寻访几个朋友；一个中年的，身穿蓝色长衫，叫作冯琢庵，刚刚考中举人，正要前往京师参加会试。期间谈到选评八股文的事，新科举人冯琢庵问道："八股文选家马纯上先生的选本怎么样？"匡超人说："他是我的好友。这马兄选文理法有余，但才气不足，只有小弟的选本才在行！"三人聊了一路，几天后，不觉已到扬州，冯琢庵、匡超人换了到淮安的船进京去了。

牛布衣独自搭江船过了南京，来到芜湖，找到一个叫作甘露庵的小庵住下。小庵的殿后有两间房，一间由本庵的一个老和尚自己住着，一间是牛布衣住的客房。牛布衣白天寻访朋友，晚间点灯吟诗。老和尚见他孤独，时常泡好茶送给他，陪他说话到一二更天。如果遇到天气晴朗，便同他在前面天井旁谈天说地，两个人相见恨晚。

没想到天有不测风云，有一天牛布衣病倒了，请医生来吃了几十服药，也不见效。那天牛布衣见自己的病势越来越沉重,就请老和尚进房来,说道:“我远离家乡,多亏老师父照顾,不想现在得了病,眼看就不行了。我没有儿女,妻子还不到四十岁,前几天和我同来的一个朋友,又进京会试去了,而今老师父就是我的亲人。我床头的箱子里,有六两银子,我死后,请老师父替我买一具棺材,还有几件粗布衣服,拿去卖了,请几位师父替我念一卷经,超度我升天。棺柩便找一块空地寄放着,棺材上写‘大明布衣牛先生之柩’,不要把我火化,如果遇着故乡亲戚,把我的灵柩带回去,我在九泉之下,也感激老师父!”老和尚听了这话,点头答应,那眼泪止不住地落了下来,牛布衣又挣扎起来,从床上的席子下拿出两本书,递给老和尚,说:“这两本是我生平所做的诗,虽然没有什么好,却舍不得扔掉,也交给老师父。将来有幸遇着有才的人就送给他,我死也瞑目!”老和尚双手接了,见他奄奄一息,连忙到自己房里,熬了些龙眼莲子汤,拿到床前,扶起来给他吃,他已经是不能吃了,勉强呷了两口汤睡下。熬到晚上,断气身亡。老和尚大哭了一场。

这时正是嘉靖九年八月初三日,天气炎热。老和尚遵照牛布衣的遗嘱,抓紧时间办后事,安放好灵柩,每天早晚都到牛布衣的灵柩前烧香。

一天傍晚,老和尚刚念完经,正要关门,只见一个十七八岁的少年,右手拿着一本经卷,左手拿着一本书,进门借着琉璃灯的灯光便念。老和尚不好问他,他念到二更多天才走。老和尚关门睡下。第二天他又来念。一连念了四五日。老和尚忍不住了,见他进了门,上前问他:“小施主,你是谁家的子弟?为什么每晚到贫僧这庵里来读书?”那少年作了一个揖，叫声“老师父”，随后说自己叫牛浦郎，就在前街上住，父母都去世了，自己和祖父开小香蜡店过活，一天他从学堂门口过，听见念书的声音好听，就在店里偷了钱，买书来念。老和尚听他是个读书上进的少年，就请他到幽静的大殿上去读书。

一日，老和尚听见他念诗，走过来问道：“小施主，你要是想去应考，恐怕得学习八股文，你现在念诗做什么？”浦郎回答道：“我们商人家，哪里还想什么科举考试，只是念两句诗破破俗气罢了。”老和尚见他出语不俗，就笑着说：“你既然欢喜诗，过些日子我拿两本诗给你看，包你喜欢哩。”浦郎问：“老师父有什么诗？为什么现在不给我看？”老和尚笑道：“别急，等你再读些日子。”

又过了几天，老和尚到乡下给人去念经，几天不能回来，于是把房门锁了，请浦郎照看大殿。浦郎心里猜疑：“老师父有诗，却不肯给我看，是想骗我吗？”转念又一想：“三讨不如一偷。”于是到晚上他偷偷把房门撬开，轻手蹑脚地走了进去。看见桌上放着残破的经文，翻了一翻，哪有什么诗？又摸到床上，找出一个木箱，浦郎吃力地把锁撬开，见里面包裹着两本崭新的锦面线装书，上写着“牛布衣诗稿”。便慌忙拿了出来，把箱子锁好，走出房来，关上房门，将这两本书拿到灯下一看，不禁眉开眼笑，手舞足蹈起来。原来，那些诗的题目上都写着：“呈相国某大人”，“怀督学周大人”，“娄公子偕游莺脰湖分韵，兼呈令兄通政”，其余都是某太守、某司马、某明府、某少尹之类的。浦郎想：“这相国、督学、太史以及太守、司马、明府、少尹都是而今的现任老爷们的称呼，可见只要会做两句诗，并不需要考试中举，就可以同这些老爷们往来，这是何等荣耀！”又想：“这人姓牛，我也姓牛。他诗上只写了牛布衣，并没有个名字，为什么不把我的名字，合着他的号，刻两方图章来印在上面，这两本诗不就算我的了嘛！我的号从今往后就叫作牛布衣！”当晚回家仔细盘算，高兴了一夜。

第二天，他又从店里偷了几十个钱，走到吉祥寺门口一个刻图章的郭铁笔店里，请他刻两方图章，一方是阴文图章，他让郭铁笔将自己名字中的“郎”字去掉，刻“牛浦之印”，从此改名牛浦；一方是阳文图章，刻“布衣”两个字。郭铁笔一听，忙把他上下打量一番，问道：“先生便是名士牛布衣么？”牛浦答道：“布衣是在下的字。”郭铁笔慌忙爬出柜台来重新作揖，请他坐下，还端上茶来，连连说着“久仰！久仰！”“失敬！失敬！”最后连图章的工本费都没收。牛浦拿到印后，印在书上，藏得好好的。每晚仍旧在庵里念诗。

一天午后，没有生意，他祖父牛老爹坐在店里同隔壁开米店的一位卜老爹闲聊，牛老爹说起了孙子牛浦郎十八岁了还没娶妻，又不务正业，心里十分难过，正巧卜老爹有一个姓贾的外甥女，今年十九岁了，于是两个人商定缔结一门亲事。当晚，牛浦回来，祖父把这件喜事告诉他，他不敢违拗，只能答应，于当年的十月二十七日与贾家姑娘结了婚。

牛浦自从娶亲，好些日子不到庵里去。正巧一天出门讨账，顺路往庵里走走，刚到浮桥口，看见庵门外拴着五六匹马，马上都有行李。走近前去，只见几个穿着官府衣服，拿着马鞭子的人，腿跷得高高地坐在那里。牛浦不敢进去，老和尚在里面看见他,慌忙招手请他进来,原来,现任京城九门提督齐大人正是老和尚从前的学生,现在齐大人特地派人接他到京里报国寺去做方丈。老和尚说:“我本来不愿去,只因为前些日子有个朋友死在我这里,他有个朋友到京城参加会试去了,我现在借机到京城找寻他这个朋友,通知他的死讯,也了却我这一桩心事。我前些日子说要给你看的诗就是他的,现在我没有时间,你自己去我的箱子里拿吧。还有一床褥子和零碎的东西没法带走,就请你先照看,等我回来。”牛浦还来不及说“保重!”,老和尚就在官差的簇拥之下骑马走了。

牛浦回到庵里查点东西,把老和尚锁房门的锁打开,取下来,出门反锁了庵门,回家休息。次日又到庵里走走,心想:“老和尚已走,无人对证,我为什么不顶替牛布衣?”于是拿出了一张白纸,写下五个大字:“牛布衣寓内”。从此,每天都来走走。

不久以后,牛老爹病重去世,在卜老爹的帮助之下,牛浦将祖父安葬。为举办葬礼,牛浦欠下许多债,万般无奈之下,只好把自己住的房子典当十五两还债。除还清了账,还剩四两多银子,卜老爹叫他留着用,并让出自己家的一间房子,叫他们两口子搬来住下。这一年的除夕过后,卜老爹也病逝了。牛浦料理好卜老爹的丧事,来到庵里,庵门锁着。开了门,突然有一张帖子从门缝掉在地下,拾起一看,只见上面写着:“小弟董瑛,在京会试,于冯琢庵年兄处读得大作,渴望会晤。不幸寻访不到,内心惆怅!明早望您于庵中逗留片刻,以便请教,不胜荣幸!”看完信,牛浦知道这是来拜访牛布衣的,但转念一想:“我不就是牛布衣吗?”又想道:“他说在京会试，一定是一位老爷，何不叫他到卜家来会我，正好借此机会吓一吓两位舅丈人。”主意已定，就找出纸笔写了一个帖子，写道：“牛布衣近日住在卜宅，尊客到来，可至浮桥南首大街卜家米店便是。”写完，出来锁好了门，贴在门上。回家向卜诚、卜信两位舅丈人说道：“明日有一位董老爷来拜，他就是要做官的人，我们不能轻慢。请二位舅丈人明天早晨把家里收拾干净，捧出茶来。这是对大家脸上都有光彩的事，须要帮一把。”卜家弟兄听见有官来拜访，也觉得喜出望外，一齐答应了。

第二日清早，两位舅丈人安排妥当，早饭的时候，董孝廉坐着轿子来拜访，他头戴纱帽，身穿浅蓝色缎圆领长袍，脚着粉底皂靴，白白净净，约有三十多岁光景。进来行了礼，分宾主坐下。董孝廉先开口说：“久仰大名，又读佳作，十分仰慕，只是没想到您这样年轻，这就更加可敬了！”牛浦一边同他寒暄，一边指使卜信端茶倒水，卜信捧出两杯茶，从上面走下来，递给董孝廉。董孝廉接了茶，牛浦也接了。卜信直挺挺站在堂屋中间。牛浦对董孝廉拱了拱手说：“村野之人，不知礼数，先生别见笑。”董孝廉笑着说：“先生是世外高人，何必说这样的话。”卜信听见这话，脸都羞红了。两人聊到中午，董孝廉才告辞。

牛浦送了董孝廉回来，卜信气得满脸通红，数落他说：“牛姑爷，我再不好也是你的舅丈人，咱们是至亲！你叫我捧茶，也就罢了。怎么当着董老爷的面羞辱我？这是哪里来的话！”牛浦说：“但凡官府的人来拜会，规矩是该换三遍茶，你只送了一遍，就不见了。我不说你也罢了，你还来问我这些话，这也可笑！”卜诚说道：“姑爷，你不该这样说，虽然我家老二捧茶，不该从上头往下走，你也不该在董老爷面前羞辱他，惹得董老爷笑话！”牛浦反唇相讥说道：“董老爷看见了你们这两个灰头土脸的人，也就够笑的了，何必要等你捧茶走错了才笑？”卜信说：“我们是生意人，不和这些老爷们走动，现在没借着光，反而被他耻笑！”牛浦道：“不是我说话大胆，如果不是我在你家，你家就一二百年也不见得能来这样一个老爷。”卜诚十分生气，说道：“扯淡！就算你与老爷交往，你终究不是个老爷！不要恶心人！我家也不稀罕这样的老爷！”牛浦说：“不稀罕么？明天向董老爷说：拿帖子送到芜湖县衙，先打你一顿板子！”两个人一起叫道：“反了！反了！外甥女婿要送舅丈人去打板子？这些年是我家养活你！我们就和你到县里说理，看到底打谁的板子？”牛浦道：“谁怕你！去就去！”

于是两人把牛浦扯到县衙门口，知县没升堂。三人站在影壁前等，恰好遇着郭铁笔走来，问明原因，卜诚说：“郭先生，自古道‘一斗米养个恩人，一石米养个仇人’，看来是我们养错他了！”郭铁笔也说这是牛浦的错，劝说道：“尊重长辈，是天经地义的，这样闹起来，被别人看见也不雅。”说完立刻把三人带到茶馆劝了一番，看三人不再闹，才告别回去了。

回家后牛浦赌气，拿了一床被子，搬到庵里来住。没有吃的，就把老和尚的铙、钹都当了，闲着无事，去看望郭铁笔，不巧人不在店里，牛浦见柜台上有一部新的《缙绅》，就拿来翻看，看见有“淮安府安东县新知县董瑛，字彦芳，浙江仁和人”的字样。说道：“就是他！我干脆去找他！”于是忙回到庵里，把和尚的一座香炉、一架磬，拿去当了二两多银子，也不到卜家告别，独自搭了江船，一日一夜就到了南京燕子矶，然后改搭去扬州的船，不久，就来到淮安府安东县。

到了安东，先拜见董知县。董知县很高兴，留他在衙门里面住。不久，牛浦结识了县里的黄员外，员外见是知县的好友，就主动把自己的第四个女儿嫁给他，招他做女婿，牛浦从此在安东过起了快活日子。不想董知县不久后被提升到京城，接任的是个姓向的知县，也是浙江人。董知县临走前托向知县照顾朋友牛布衣。向知县答应了，送董知县上路。

董知县一路到了京师，来到吏部。这时冯琢庵已中了进士，被授予主事的官衔，家住在吏部门口不远。董知县先来拜见他，二人嘘寒问暖，董知县谈到“贵友牛布衣在芜湖甘露庵里”，随后，因为有公务在身，就匆匆离去了。冯主事听到这个消息，马上派仆人拿着自己的亲笔信和十两银子，嘱咐仆人说：“你把这些东西送给牛相公的夫人牛奶奶，说她的丈夫现在芜湖甘露庵里，不得有误。银子是我带给牛奶奶作路费的。”

仆人领命，不敢怠慢，马上去找牛奶奶，把冯主事的话说了一遍，牛奶奶接过银子，心里很担心，把家里的两间破房子锁好，自己带了侄子，搭船一路来到芜湖。找到浮桥口甘露庵，可庵里半个人影也没有。牛奶奶吓得心惊肉颤，怕丈夫已经死了，于是满街打听，一直问到吉祥寺郭铁笔店里，郭铁笔说道：“你问他？他现在到安东董老爷那里去了。”牛奶奶听后，心里的石头才落了地，下定决心去安东找丈夫。

到了安东，牛奶奶找到牛浦家，声称要见自己的丈夫牛

牛浦郎冒名顶替遭揭发

布衣，牛浦当时不在家，黄氏大吃一惊，上去与牛奶奶大吵大闹，并求人找牛浦回来。牛浦一进家门，和牛奶奶见了面，彼此不认得。黄氏说:“这就是我丈夫，你看看是不是你丈夫?”牛奶奶问道:“你怎么叫牛布衣?”牛浦说:“我怎么不是牛布衣?但是我不认得你。”牛奶奶说:“我是牛布衣的妻子。你这混蛋冒充了我丈夫的名字，分明是你把我丈夫害死了!”牛浦说:“天下同名同姓的多得是，怎见得是我谋害你丈夫?这就怪了!”牛奶奶哭道:“怎么不是!我从芜湖县到甘露庵，一路问来，说在安东。你既然冒充我丈夫的名字，还我丈夫来!”当即哭喊起来，叫来侄子将牛浦扭着，自己则上了轿，一直喊到县衙门前，正赶上向知县出门，于是，差役把他们拘留起来，三天后听审。

第三天，向知县叫来牛奶奶问话。牛奶奶把从浙江寻找到芜湖，从芜湖寻找到安东的事一一对知县讲明。向知县又问牛浦，牛浦百般狡辩，大呼冤枉。最后向知县对牛奶奶说:“这牛生员叫作牛布衣，你丈夫也叫作牛布衣，天下同名同姓的多，他自然不知道你丈夫的踪迹。你到别处去寻访吧。”牛奶奶在堂上哭哭啼啼，要向知县替他申冤，向知县急了，说道:“算了，我派两个衙役送你回绍兴。你到本地告状去吧!牛生员，也请你回去吧。”说完，便退了堂。过后派两个衙役送牛奶奶回绍兴。

不久以后，上司得知牛浦一案，认为向知县断案偏颇，放着人命大事不管，要查处他的罪过。负责调查的按察司姓崔，是太监的侄儿，世袭的按察司职位。

第十一回

离经叛道杜少卿

这天按察司崔大人叫幕僚拿来状告安东向知县的文书，上面写着知县的许多过错，正在阅读，忽然见烛影里，有一个人双膝跪下。崔按察抬眼一看，原来是他门下的一个戏子，叫鲍文卿。崔大人问："你有什么话，起来说。"鲍文卿说："刚才小的看见大老爷要参处安东县向老爷，这位老爷小的也不认识，只是七八岁学戏时，师父教过他作曲子，才知道这位老爷是个大才子、大名士，如今二十多年了，才做上一个知县，好可怜！如今又要因为这件事被处罚。况且他这么做也是敬重读书人的意思，就请大老爷赦免他吧！"按察司说："想不到你一个戏子还有爱惜人才的念头。难道我不想吗？"于是崔大人吩咐仆人去对幕僚说："这安东县令先不要参了。"鲍文卿磕头谢恩。

过了一段时间，崔大人升官进京，要把他带进京城去。没想到一进京崔大人就病故了。鲍文卿在京城没有靠山，他是南京人，只好收拾行李回南京。南京是明太祖朱元璋建都的地方，人口众多、城市繁华、六朝金粉、十里秦淮，美不胜收。这鲍文卿同妻子、女儿住在水西门。他家几代都以唱戏为生，现在仍旧从事这个行业，他还将落魄的老秀才倪老爹的小儿子倪廷玺过继到自己家，改名鲍廷玺。鲍文卿对他十分疼爱，不肯叫他学戏，送他读了两年书，帮着管理戏班子。到十八岁，倪老爹去世了，鲍文卿又拿出几十两银子来替他料理后事，不仅自己去吊唁，还叫鲍廷玺披麻戴孝，送倪老爹入土，后来又替鲍廷玺娶了王家的姑娘做媳妇，可惜天有不测风云，那王家女儿分娩时难产死了。鲍文卿父子万分悲痛，鲍文卿自己也病了，又过了几个月，鲍文卿的病渐渐重到卧床不起，不久也去世了。

鲍文卿去世半年后，鲍文卿的妻子便将他赶出家门。鲍廷玺的衣食没了着落，一天他忽然听说礼部尚书的孙子，天长县的名士杜慎卿要来南京，听说他是一个非常慷慨大方的人，于是决定无论如何也要去碰碰运气，如果能借二百两银子，就能组成个戏班子糊口。鲍廷玺于是谎称是杜尚书的门生，前去请安。杜慎卿热情款待了他。鲍廷玺见他果然潇洒慷慨，不忍心继续骗他，于是就对他说了实话，说："我来到这里，承蒙老爷款待。但在下原是戏班的班主。如今来找老爷，是想求老爷恩典，借几百两银子，组成一个戏班子，等门下赚了钱，少不得报效老爷。"杜慎卿一听，并没生气，而是说："这也不难，你请坐下，我跟你说。这组织戏班子，至少也得上千两银子。我不瞒你说，我家虽有几千两银子，我却不敢动。为什么？因为我就要中了，一旦中了，哪里不要花钱？现在你要组织戏班子，我说出一个人来，他准能帮你，只是你千万别说是我说的。"

鲍廷玺问道:“除了老爷,哪里还有这样的一个人?”杜慎卿随即说:“别慌,你听我说。这个人是我的第二十五个兄弟,他名叫作仪,号叫作少卿,只小我两岁,也是一个秀才。他父亲做过江西赣州府知府,是个清官,是我的伯父。现在我送你些路费投奔他去,包你这千把银子手到擒来。”鲍廷玺说道:“到那时候,求老爷写个书信给我。”杜慎卿说:“不行。这信千万不能写。他帮人是要独自做,从不让人知道。我若写了信,他就会说我已经照顾了你,他就赌气不照顾你了。你去后要先投奔一个人。”鲍廷玺问是哪一个,杜慎卿说:“是他的管家王胡子,他是坏奴才,可少卿偏听信他,我这兄弟有个毛病:但凡说是见过他家太老爷的,就是一条狗也是敬重的。你将来先去会了王胡子,这奴才爱喝酒,你买些酒给他,叫他在主子面前说你是太老爷欢喜的人,他就会给你银子用了。他不喜欢别人叫他老爷,你叫他少爷。他又有个毛病,不喜欢别人在他跟前说做官、有钱之类的话,像你受过太老爷的恩惠之类的话,不要在他跟前说,他要问起我,你也说不认得。”一番话,说得鲍廷玺满心欢喜。到七月,天气凉爽起来,鲍廷玺向杜慎卿借了几两银子,收拾衣服行李,过江前往天长县。

鲍廷玺先是乘船,后来又走了旱路,一路上风餐露宿,来到天长县杜府,按照杜慎卿的嘱咐,先拜见管家王胡子,送上礼物,于是王胡子答应引荐。这天,杜少卿正在书房里看书,王胡子走进书房,把帖子递上来,禀告说:“南京一个姓鲍的,他是戏班的领班。过江来叩见少爷。”并说:“他说受过先太老爷许多恩惠，一定要当面叩谢少爷。”杜少卿问：“这人是先太老爷喜欢的戏子吗？”王胡子说：“是。当年太老爷传他的戏班子过江来，十分喜欢这鲍廷玺，曾许诺要照顾他的。”杜少卿一听，便请他进来。

王胡子出去，领着鲍廷玺进来。一路上，只见花园宽阔，一望无际，走到书房门口一望，杜少卿头戴方巾，身穿玉色夹纱长衫，脚着珠履，面色微黄，两道剑眉，好像画上的关公的眉毛。王胡子说道：“这就是我家少爷，你过来见。”鲍廷玺进来跪下叩头。杜少爷扶住道：“你我故人，何必如此行礼？”起来作揖，作揖过了，杜少卿说：“刚才我家管家王胡子说，我家太老爷极其喜欢你，要照顾你，你既到这里，且住下了，一切由我来安排。”于是安排鲍廷玺先住在府里，过后又细细问明了他的来意，送了他五百两银子，打发他回家了。

一天，杜少卿刚从外面回来，一个人正在大厅上站着，见他进来，跪下就给少爷磕头。杜少卿问：“你是我们家看祠堂的黄大？你来干什么？”黄大说：“小的住在祠堂旁边一所屋子里，原是太老爷买给我的。而今时间久了，房子快倒了。小的该死，把坟山的死树搬了几棵回来当梁柱，不想被本家几位老爷知道，就说小的偷了树，把小的打了个半死，叫十几个管家到小的家来搬树，连没倒的房子也拉倒了。小的没地方住，如今来求少爷向本家老爷说一声，拿些银子，把这房子收拾收拾，赏给小的住。”杜少卿道：“本家！你说的是谁？你这房子既是我家太老爷买给你的，自然该是我修理。如今倒了，要多少银子重盖？”黄大说：“盖新的需要一百两银子，如今只好修补,将就着住,也要四五十两银子。”杜少卿说:“也罢,我没银子,先拿五十两银子给你,你用完了再来找我。”说完拿出五十两银子递给黄大,黄大接着走了。

类似这样的事情数不胜数。杜少卿眼看着家产一点点用光,于是就叫来王胡子商议说:“我有些田地,你替我卖了吧。”王胡子说:“如果急着卖肯定卖不上价,少爷要一千五百两银子,买家最多出一千三百两银子,所以小的不敢管。”杜少卿说:“就是一千三百两银子也罢了。”王胡子说道:“小的要禀明少爷才敢去。卖得贱了,您别骂我。”杜少卿说:“谁骂你?你快去卖,我等着银子用。”王胡子说:“小的还有一句话要禀报少爷:卖了银子,少爷要做两件正经事。如果是白白的送给别人,这产业卖了就可惜了。”杜少卿说道:“你看见我白把银子给谁用?你要赚钱罢了,说这些鬼话!快替我去卖!”于是,王胡子就去了几天,卖了一千多两银子,带回来。杜少卿收了这银子,随即叫来黄大,给他一百两银子盖新房。

不久以后,府中的老仆人娄老爹病重,杜少卿十分悲伤,这位娄老爹原是杜太老爷的老仆人,看着杜少卿长大,杜少卿对他十分尊敬。他眼见杜少卿乐善好施,花钱如流水,心里十分焦急。临死之前,他把杜少卿请到他面前,说:“大相公,我从前坚持着,希望病能好,如今看来,是不会好了,您把我送回家吧。”杜少卿说:“我还要为老爹养老送终,您怎么说要回家呀!”娄老爹说:“你又说傻话,我是有儿女的人,自然要死在家里,难道我会怪你不留我。”杜少卿流着眼泪说:“这样说我就不留了。老伯的寿器是我备下的,如今用不着,又没法带走,被褥是现成的,给老伯带走。老伯的寿衣我已经准备好了,现在还用不着,也不好带回去,我还是另拿几十两银子给您的儿女吧。"娄太爷说:"我用你买的棺木和衣服就够了,你不要再给我家银子。三天之后你叫我儿子来抬我回去。我在你家三十年,是你令先尊一个知心的朋友。令先尊去后,大相公您如此照顾我,我还有什么话说?你的品行、文章,是当今第一人,你生的小儿子,尤其与众不同,将来好好教训他成个正经人物。但是你不会当家,不会交朋友,这家业怕是保不住的了!你做慷慨仗义的事,我心里自然喜欢,只是也要看看来说话的是什么样的人。像你这样难免被骗,也没人报答你。虽说施恩不望报,但也不可以这样不分好坏。你交往的朋友依我看都是没良心的人。至于前些日子的鲍廷玺,他一个戏子,就是来要钱的,是什么好人?你还要照顾他?尤其是管家王胡子,就更坏了!其实钱还是小事,我死之后,你父子两人要学你祖父的为人处事。你的表兄弟慎卿相公和你关系最好,但依我看,他虽然有才,但也不是什么厚道人。你看不起当官的,又看不起亲戚们,这地方你很难待下去,南京是个大城市,以你的才华到那里去,或许还能遇到知己,干出大事业来。大相公,你听我话,我死也瞑目!"杜少卿流泪道:"老伯的好话,我都知道了。"三天后,杜少卿雇人,抬娄老爹回家乡陶红镇,又拿出百十两银子给娄老爹的儿子办后事。

杜少卿送走娄老爹后,从此就没有人劝他,他更加大着胆子花钱。前面卖田产的一千多两银子已经用光,又叫王胡子去卖了一些田产，得到二千多两银子，随处乱花。半年以后，银子用得差不多了，思量把自己住的房子卖给本家，要到南京去住，和娘子商议，娘子答应了。别人劝他，他总不肯听。足足忙了半年，房子卖出去了。除了还债赎当，还剩下千把多银子，他和娘子说："我先到南京会过卢家表侄，找到房子，再来接你。"当下收拾了行李，带着王胡子，同仆人加爵过江。王胡子在路上拐了二十两银子跑了，杜少卿付之一笑，只带了加爵过江。

到了南京，先住在外祖父卢家，拜访了迟衡山、马纯上、蘧公孙、季苇萧等当地名士，唱戏的鲍廷玺听说他来了，就带着戏班子前来拜见他。随后他在东水关找到房子，不久后，把娘子接来。一天，娘子因为初到南京，要到外面去看看景致。杜少卿当下叫了几乘轿子，约卖花的姚奶奶陪伴，还有两三个女仆都坐了轿子跟着。让厨子挑了酒席，游览位于清凉山的姚园。这姚园是个极大的园子，进去一座篱门。篱门内是鹅卵石砌成的路，一路朱红栏杆，两边绿柳掩映。过去三间厅，后面便是一路山径，上到山顶，便是一个八角亭子。席摆在亭子上。娘子和姚奶奶一班人上了亭子，观看景致。一边是清凉山，高高低低的竹子；一边是灵隐观，绿树丛中，露出红墙来，十分好看。坐了一会，杜少卿也坐轿子来了。轿里带了一只赤金杯子，摆在桌上，斟起酒来，拿在手里，趁着这春光融融，凉风习习，凭倚靠在栏杆上，开怀畅饮。大醉之后，竟携着娘子的手，出了园门，一手拿着金杯，大笑着，在清凉山冈子上走了一里多路。背后三四个妇女嘻嘻笑笑跟

杜少卿携手娘子同游园

着，两边看的人目眩神摇，不敢仰视。杜少卿夫妇两个上了轿子去了。姚奶奶和这几个妇女采了许多桃花插在轿子上，也跟上去了。

杜少卿回到河房，天色已晚。刚要休息就听见敲门声。仆人去开门，不一会有一人进来，说道："娄大相公来了。"杜少卿举眼一看，见娄老爹的孙子穿着一身孝，哭拜在地，说道："我家老爹去世了，特来报知。"杜少卿道："几时去世的？"娄大相公道："前月二十六日。"杜少卿大哭了一场，吩咐连夜准备祭礼。次日清晨，坐了轿子，往陶红镇去了。杜少卿到了陶红镇，在娄太爷柩前大哭了几次，拿银子做了几天佛事，超度娄太爷升天。娄家把许多亲戚请来陪。杜少卿一连住了四五日，哭了又哭。陶红镇上人人叹息，说："天长杜府厚道。"又有人说："这老人家为人必定十分好，所以杜府才如此尊重报答他，为人须像这个老人家，方为不愧。"杜少卿又拿了几十两银子交给他儿子、孙子，买地安葬娄太爷。娄家一门，男男女女都出来拜谢。杜少卿又在柩前恸哭了一场，才回来。

到家，娘子对他说："你去的第二日，巡抚衙门里的一个官差，同天长县的一个门斗，拿了一张文书来找你，我说你不在家。他们就住在饭店里，日日来问，不知为什么事。"杜少卿说："这又奇了！"正疑惑着，仆人来说道："有官差和门斗在河房里求见。"杜少卿走出去，同那官差见礼坐下。官差道了恭喜，门斗送上一张文书来。那文书是拆开过的，杜少卿拿出来看，只见上面写道：

巡抚部院李，为举荐贤才事，钦奉圣旨，采访天下儒修。本部院访得天长县儒学生员杜仪，品行端醇，文章典雅。为此饬知该县儒学教官，即敦请该生即日束装赴院，以便考验，申奏朝廷，引见招用。

毋违！

速速！

杜少卿知道这是安庆巡抚李大人举荐他做官，他看了李大人的信说："李大人是先祖的门生，是我的世叔，所以推荐我。我怎么敢当？但大人如此厚意，我论理应该去道谢才是。"

收拾好行李，没有路费，就把那只金杯当了三十两银子，带一个仆人，坐船来到安庆，杜少卿投了拜帖，被请到李大人的书房。李大人出来，杜少卿请安，李大人请他坐下，说："自老师去世之后，我常想念你。久闻少卿你才华过人，所以特地推荐，请别推辞。"杜少卿说："小侄才疏学浅，恐怕会叫大人失望。"李大人道："不必谦虚，我这就向府县要保证书。"杜少卿说："大人的恩德，小侄难道不知道？但小侄自由惯了，又多病，还求大人另访他人吧。"李大人说："你是世家子弟，怎么能不做官？我访的不会错，就这么定了！"杜少卿就不敢再说了，李大人留着住了一夜，拿出许多诗文来请教。

次日辞别李大人回家，到家的第二天，他去会见南京名士迟衡山。迟家留着吃饭，席间迟衡山说："而今读书的朋友，只不过讲个举业，若会做两句诗赋，就算雅极的了，放着经史上礼、乐、兵、农的事，全然不问！我本朝太祖定了天下，大功不差似汤武，却全然不曾制作礼乐。少卿兄，你此番征辟了去，替朝廷做些正经事，方不愧我辈所学。”杜少卿说道：“这征辟的事，小弟已经辞了。就是因为走出去做不出什么事业，只会徒惹高人一笑，所以宁可不出去的好。”迟衡山又在房里拿出一个手卷来说道：“这件事，须是与先生商量。”杜少卿问：“什么事？”迟衡山说：“我们这南京，古今第一个贤人是吴泰伯，然而他却并不曾有个专祠。那文昌殿、关帝庙，到处都有。小弟要约些朋友，各捐些钱，盖一所泰伯祠，每年春秋时分，用古礼古乐祭奠。借此让大家学习礼乐，成就些人才，也可以助一助政教。但建造这祠，须数千金。我裱了个手卷，愿捐的写在上面。少卿兄，你愿出多少？”杜少卿大喜，说道：“这是该的！”接过手卷，写道：“天长杜仪捐银三百两。”迟衡山说道：“也不少了。我把历年做馆的钱节省出来，也捐二百两。”于是把自己的名字也写上，然后收起来，又坐着闲谈。这时杜家一个仆人走来禀告说：“天长有个官差，在河房里要见少爷，请少爷回去。”

杜少卿辞了迟衡山出来，问仆人说：“那官差说什么？”仆人说：“他说少爷的文书已经到了，李大老爷吩咐县里的邓老爷请少爷到京里去做官，邓老爷现住在承恩寺。差人说，请少爷待在家里，邓老爷自己上门来请。”杜少卿说：“既如此说，我不走前门回家去了，你快叫一只船，我从河房栏杆上上去。”当下仆人在下浮桥雇了一只凉篷船，杜少卿坐船回家。忙取一件旧衣服、一顶旧帽子，穿戴起来，拿手帕包了头，睡在床上，对仆人说：“你向那官差说，我得了暴病，请邓老爷不用来，我病好了，慢慢来谢邓老爷。”仆人去了。娘子看他样子可笑，就笑着问：“朝廷叫你去做官，你为什么不去？”杜少卿说：“你好呆！放着南京这样好玩的地方不住，留着我在家，春天秋天，陪你出去赏花喝酒，多快活！为什么要送我到京城里去？京城又冷，你身子又弱，一阵风会把你吹得冻死。还是不去的好。”

正在此时邓知县来拜访，杜少卿更加在床上呻吟起来。知县看他这个样子，也不好久坐，只得回去禀告李大人，说杜少卿的确得了重病，恰好李大人调任了福建巡抚，这举荐的事也就不了了之。

杜少卿在家装病，很久没能出来。一天，鼓楼街的薛乡绅家请杜少卿到家里赴宴，南京名士迟衡山、马纯上、蘧公孙、季苇萧，齐聚一堂。薛乡绅还请来最喜欢高谈阔论的现任翰林院侍读高老先生。

大家喝过了三遍茶，换去大衣服，都在书房里坐下说笑，并无顾忌，不知不觉谈到了江南名士杜少卿，高老先生鄙夷地说：“谁会不知道他，大家别怪我说他，这少卿是他杜家第一个败类！他家祖上几十代行医，广积阴德，也挣了许多田产。他祖父虽然为官几十年，却不会赚钱。到他父亲，还有本事中个进士，做一任太守，却呆头呆脑，不晓得敬重上司，只是一味替百姓说好话，把官弄丢了。他这儿子就更糟糕了，整天和和尚、道士、工匠交往，不到十年内，把六七万两银子弄得精光。天长县待不下去，搬来南京城里，天天带着娘子上酒馆吃饭，手里拿着一个铜杯子，就像讨饭的一样。没想到他家竟出了这样的子弟！我家里教孩子们读书，就以他为戒。每人读书的桌子上写一个纸条贴着，上面写上：‘不可学天长杜少卿。’”迟衡山听完，红了脸说：“最近朝廷请他做官，他都没去。”高老先生冷笑道：“先生，你这话又错了。他要真是有学问。就该考科举！”又笑道：“举荐难道算得正途出身吗？”

随后又喝了一会酒，说了些闲话。席散，高老先生坐轿先去了。其他人走路，迟衡山说：“刚才高老先生的这些话，分明是骂少卿，不想倒替少卿添了许多身份。众位先生，少卿是自古及今难得的一个奇人！”马二先生说道：“刚才这些话，也有几分道理。”季苇萧说：“不必管他。少卿家里有趣，我们几个人明天一起到他家喝酒。”于是约定了。

第二天，名士们来到杜少卿家，摆齐了酒菜，几个人相对着喝酒。季苇萧喝醉了，笑着说道：“少卿兄，你真是绝世风流。听说，你前些天带嫂子去姚园赏花饮酒。依你的名气，又住在这样的好地方，为什么不娶一个年轻的小妾，才子佳人，及时行乐？”杜少卿说：“苇兄，你没听晏子说过吗：‘今虽老而丑，我固见其姣且好也。’况且纳妾的事，小弟觉得最伤天害理。天下的人这么多，一个人占了几个女子，天下必有几个没妻子的人。小弟为朝廷立法：人必须四十无子，才可以纳妾，要是妾没生孩子，就允许她嫁人。这样天下无妻子的人或许能少几个。”迟衡山听完叹息着说：“宰相要是有你这样的想法，天下就可以太平了！”晚上喝完酒，大家说说笑笑，各自回家去了。

第十二回

淡薄功名庄绍光

过了几天，迟衡山来找杜少卿商量建泰伯祠的事，并把蓝本拿给他看，杜少卿一看说："这事恐怕还要找一个人商量。"迟衡山问是谁，杜少卿说："庄绍光先生。"迟衡山说："听说他前几天回浙江了。"杜少卿说："我正要去找他。现在我们一起去。"

于是两人坐了一只凉篷船，到了北门桥，上了岸，找到庄绍光家。这位庄绍光，出生于南京世代书香门第，十一二岁就会写七千字的赋，现年将近四十岁，名满天下，他却闭门读书，不肯随便交友。这天听见是这两个人来，才出来相会。只见他头戴方巾，身穿宝蓝夹纱长衫，三绺胡须，出来与杜少卿、迟衡山相见。互相作过揖，喝过茶，两人拿出泰伯祠的图纸，说明了来意。庄绍光接过图纸，从头到尾细细看了，说道："这千秋大事，小弟自当效劳。但现在有事急着出门两三个月，回来后我们再商量。"迟衡山问："又要到哪里去？"庄绍光说："浙江巡抚徐穆轩先生，现在升迁为礼部侍郎，他推荐我做官，我正要奉旨进京。"杜少卿说道："这泰伯祠祭祀的事，少不了先生，我们等先生回来。"于是站起来就要告辞，庄绍光说:“二位放心,我们不久就会相会。”说完送两位出去。

晚间庄绍光准备酒菜与娘子告别。娘子问:“你往常不肯出,现在怎么又去了?”庄绍光笑道:“我与山林的隐士不同,既然皇帝下旨召我,我还是要尽君臣之礼的。你放心,我才不会做让老妻你笑话的事。”第二天,应天府的地方官来催他出发。庄绍光悄悄叫了一顶小轿子,带了一个小仆人,挑了一担行李,出发了。

庄绍光从水路过了黄河,经由山东来到京城。雇了一辆小车进入外城,又走了一天,来到卢沟桥,只见对面有一个人骑着骡子走来,遇着车子,问:“车里这位客官贵姓?”车夫说:“姓庄。”那人说道:“难道是南京来的庄先生吗?”庄绍光正要下车,那人跳下骡子,跪下便拜,庄绍光慌忙跳下车来跪下,扶住那人,说道:“你是谁?我不认得。”那人起来,说道:“前面不远处有一个茶馆,老先生请上车,我们那里谈。”庄绍光说道:“那好。”于是上了车。那人也上了骡子,一同来到茶馆。彼此见过了礼坐下。那人说:“我在京城里算着,想到您现在也该奉旨进京了,所以出了彰仪门,一路问来,果然找到了您。”庄绍光问:“先生尊姓大名?是哪里人?”那人说:“小弟姓卢,名德,字信侯,湖广人氏,因为小弟立了一个志向,要把本朝名人的文集都搜集齐,二十年了,也找得差不多了。只是开国之初的大文学家高青丘的文集是朝廷的禁书,别人没有,听说京城里有一个人有。所以小弟来到京城,用高价买到手,正要回家去,却听说朝廷征召了先生。小弟正要搜集您的文集,所以才来等您。”庄绍光说:“我一向隐居,不愿做官，但蒙皇上恩典，不得不来。现在能遇见你，真是高兴！今夜就在这店里住一夜，我们彻夜畅谈吧。”说着又谈到名人文集上，庄绍光对卢信侯说道：“先生如此爱读书是好事，但国家禁止的书，也不可不知回避。高青丘虽没有诽谤朝廷的言论，但是既然太祖不喜欢他，他的书现在又被查禁，先生就别找他的文集了。先生如果回家，希望您来我家一趟，到时候再详谈。”卢信侯答应了，第二天早分别，先到南京等候他。

庄绍光进了彰仪门，住在护国寺。徐侍郎亲自拜访，庄绍光拜会了他，徐侍郎通知他三五日后皇帝要召见，叫他做好准备。这时是嘉靖三十五年十月初一日。

到了初六日五更天，羽林卫士排列在午门外，各位官员都在午门外等候。只见前面来了百十道火把，原来是宰相到了，于是午门大开，官员们从偏门进去。过了奉天门，进到奉天殿，里面一片音乐声，隐隐听见鸿胪寺的官员说：“排班。”当下鞭子响了三下，宦官们一队队捧出金炉，焚了龙涎香，宫女们拿着宫扇，簇拥着天子上朝，庄绍光穿了公服，跟在众官员后面，高呼皇上万岁，朝拜了天子。

庄绍光回到住处后，脱去衣服，不一会儿，徐侍郎来拜。庄绍光就穿着便服出来见他。喝完茶，徐侍郎说道：“今日的早朝，真是一大盛典。十月十一日皇上在便殿见你，特赐你在紫禁城中骑马。”

到了十一日，庄绍光穿戴上宫里送来的头巾和公服，徐侍郎送他来到午门，自己先回了朝房。庄绍光独自走进午门去，只见两个太监，牵着一匹御用的马，请他骑着，慢慢地走

庄绍光宫中遭暗算

过了乾清门。到了宣政殿的门外，庄绍光下了马进入大殿，屏息进去，天子正穿着便服坐在宝座上。庄绍光上前朝拜了。天子说："朕在位三十五年，托天地祖宗之福，四海升平。只是百姓还没有完全温饱，士大夫也没能各尽其能，所以请先生为朕筹划，有什么办法。"庄绍光正要奏对，没想到突然头痛，只得躬身说："臣蒙皇上提问，一时不能上奏，请允许臣细想，再启奏。"天子说："既然如此，也罢。先生务须必为朕考虑。"说完，起驾回宫。

庄绍光出了宣政殿，太监又牵着马过来，一直送出午门。徐侍郎来接他同出宫门朝门，送他回住处。徐侍郎告辞后，他摘下头巾，见里面竟然有一只蝎子。庄绍光笑着说道："卑鄙小人，原来是它！"第二天起来写好十条建议，又写了"恳求恩赐还山"的奏本，从通政司送了进去。

自此以后，九卿六部的官，无一个不来拜望请教。庄绍光只得回拜，所以很不耐烦。大学士太保问徐侍郎："南京来的庄绍光，皇上颇为喜欢，老先生何不邀他来我这里走走？我想收他为学生。"侍郎把这话委婉地对庄绍光说了。庄绍光说："世上没有孔子，我就不做弟子。况且太保公屡次主持考试，翰苑门生不知多少，晚生是山野之人？不敢领教。"侍郎就把这话回禀太保。太保很不高兴。

又过了几天，天子问太保："庄绍光的十条建议，朕细看了，他学问渊博。这人可以辅佐朕吗？"太保奏道："庄绍光的确是人才，蒙皇上恩典才被征召，但他不是进士出身，跻身朝廷官员的行列，在我朝没有先例，要是真开了这个先例，天下的读书人从此就会心存侥幸。”于是天子叹息了一会，叫大学士传旨，允许庄绍光回家，赐银五百两，还将南京元武湖赐给他著书立说。

传出圣旨来，庄绍光又到午门谢恩，辞别徐侍郎，收拾行李南回，满朝官员都来饯行，他都辞了，依旧叫了一辆车，出彰仪门，离开京城。

这时已经到了十二月份，天气寒冷，他多走了几里路，来到台儿庄，找不到客栈，只得走小路，到一个人家去借宿。那人家住着一间草房，里面点着一盏灯，一个六七十岁的老人家站在门口。庄绍光上前和他作揖说道：“老爹，我是行路的，错过了客栈，要借老爹这里住一夜，明早付给您房钱。”那老爹说道：“客官，你行路的人，谁家顶着房子走？借住不妨。只是我家只有一间屋，夫妻两口住着，都有七十多岁，不幸今早老妻死了，没钱买棺材，现在就停在屋里。客官在哪里住？况且你又有车子，如何拿得进来？”庄征君说：“不妨，我只要有一席之地，将就过一夜就行，车子放在门外吧。”那老爹说：“那您只好同我一床睡了。”庄绍光说：“也好。”当下走进屋里，见那老妇人的尸首直僵僵地停在旁边一张土炕上。庄绍光铺下行李，叫仆人同车夫睡在车上，让那老爹睡在炕里边，自己在炕外睡下。晚上翻来覆去睡不着，到三更半后，想去方便，却不知厕所在哪，于是推那老爹，推了一会，总不醒。庄征君想：“年老的人怎么睡得这么沉！”便坐起来看那老爹，见他口里只有出的气，没有进的气，已是死了。庄绍光慌了，忙跑出门来。

庄绍光叫起车夫，上车准备离开，心里懊悔道：“‘吉凶悔吝生乎动’，我若坐在家里，不出来走这一番，今日也不会受这一场虚惊！”又想道：“生死是常事，我到底义理不深，才会害怕。”定了神，坐在车子上。一直等到天大亮。想到一间屋里只横着两个尸首。庄绍光感伤地想：“可怜这两个老人家穷苦到这个地步！我虽然只是个过路人，但我不埋葬他们，谁来埋葬他们呢？”于是拿出几十两银子叫仆人、车夫到集市上买了棺木，还雇了些人到这里，把两人收殓了。又拿出银子去买了附近人家的一块地，亲自掩埋。掩埋已毕，庄绍光买了些牲醴纸钱，又做了一篇文，洒泪祭奠了。集市上的人知道了，都拜在地下感谢他。

庄绍光离开台儿庄，叫了一只马溜子船，不到一天就来到扬州，在钞关住了一天，要换江船回南京。第二天一早刚上了江船，只见岸上有二十多乘轿子停在岸上，都是两淮的盐商巨贾来等候。投进帖子来，庄绍光因船中窄小，先请了十位上船。其中有几位本家，也有称叔公的，有称尊兄的，有称老叔的，作揖奉坐，众盐商都称赞：“皇上要重用您，您不肯做官，真是好品行。”其中一位尊兄说道：“晚生知道老先生的意思，老先生才华卓越，要从正途出身，不屑于被征召，今日回来，必然会参加科考。皇上要是知道，将来鼎甲有望。”庄绍光笑道：“皇上征召，怎么说不屑？若说科举，长兄您必中。小弟我一定静候佳音。”那位尊兄又问：“在此还见见府里的大人们吗？”庄绍光说：“弟归心甚急，就要开船。”说完，和这十位作别上去了，又将那十几位请上船来拜会。庄绍光很不耐烦，可是随即又有盐院来拜，盐道来拜，分司来拜，扬州府来拜，江都县来拜，把庄征君闹得急了，送了官员们上去，叫快快开船。当晚盐商们凑齐六百两银子要送到船上，那船已经去的远了，赶不上，只好把银子拿了回去。

回到南京，见到娘子，欢喜地说："我今日复见江山佳丽了！"娘子也十分开心，晚上为他准备酒菜接风。第二天早刚起来，才洗完脸，仆人就进来禀报："六合县的高大老爷来拜。"庄征君出去与他相见。刚回来，布政司大人来拜，应天府来拜，驿道来拜，上、江二县的县令来拜，本城乡绅来拜，累得庄绍光穿了靴又脱，脱了靴又穿。庄绍光恼了，对娘子说："我真是没办法了！既然朝廷把元武湖赐给了我，我为什么住在这里和这些人纠缠？我们赶快搬到湖上去才是！"娘子听了也同意，于是立刻收拾，领着娘子带着仆人连夜搬到元武湖上去了。

这湖很大，和西湖差不多大。左边岸上是鸡鸣寺。那湖中菱、藕、莲、芡，每年出几千斤。湖内鲤鱼肥美。湖中间五座大岛：四座岛上藏满了图书，中间岛上有一所大花园，有几十间房子，皇上赐给庄绍光住。园中花香扑鼻，打开窗户，看着湖光山色，真如仙境。门口系了一只船，来往于小岛和岸上，若把这船拿走，岸上的人飞也飞不过来。庄绍光夫妇就住在花园里。

一天，他同娘子倚着栏杆看水，笑着说道："你看这些湖光山色都是我们的了！我们天天可以游玩，不像杜少卿要把娘子带到清凉山去看花。"闲着无事，又斟上一杯酒，叫娘子坐在旁边，把杜少卿写的《诗说》，念给她听。念到有趣的地方，喝一大杯，彼此大笑。庄征君在湖中真是自在。忽然有一天卢信侯来拜访。庄绍光非常高兴，热情款待。酒喝到三更时分，仆人突然慌慌张张地走进来说："中山王府里发了几百个兵，有千枝火把，渡湖过来，把花园团团围住了！"庄绍光大吃一惊。又有一个仆人进来说："有一位总兵大老爷在厅上等您。"庄绍光来到大厅，互相施过礼，庄绍光问道："不知大人有什么事？"那总兵说道："不是您的问题，因为卢信侯家藏《高青丘文集》，这是禁书，被人告发，才来捉拿他。"庄绍光听完说："大人，这件事我来解决。我明天叫他自首，他要跑了您拿我是问。"那总兵听见这话，说："庄老爷既然这么说，我还有什么好说的！我告辞了。"庄绍光送他出门，总兵号令一声，那些兵一齐渡过湖去了。卢信侯已经听见这事，说："我是硬汉，绝不连累先生？我明天自首去！"庄绍光笑着说："你去吧，但是不到一个月，我保证会救你出来。"第二天卢信侯自首去了。

庄绍光悄悄写了十几封书信，派人进京去请求朝里的大官，把卢信侯放了，反把那告密的人处罚了。卢信侯谢过庄绍光，又留在花园住下。

几天后，迟衡山、杜少卿来拜访，庄绍光留二位喝了一天的酒，将修建和祭祀泰伯祠要举行的仪式商定好。

到了第二年二月，泰伯祠已经修建好。迟衡山约杜少卿、马纯上、蘧验夫、季苇萧、萧金铉、金东崖等南京名士商议祭泰伯祠之事。众人问："不知道请谁来做主祭？"迟衡山说："我们所祭的是个大圣人，主祭也必须是贤德的人。现在必须找这样一个人。"众人问："是哪一位？"迟衡山叠着手指头，说："应天苏州府常熟县的虞博士。"众人一听，纷纷表示同意。

第十三回

潇洒超脱虞博士

迟衡山所说的虞博士是应天苏州府常熟县的麟绂镇人，这个镇上有二百多户人家，都以务农为业。虞博士名叫虞育德，字果行。他的父亲是一位秀才，后来屡次考举人不中，只好在镇上教书。这虞博士三岁丧母，十岁时，父亲在镇上的一位姓祁的太公家教书，宾主关系很好。教了四年，虞博士的父亲得病去世了，临终前把虞博士托付给祁太公，此时虞博士才十四岁。祁太公说："虞小相公和其他孩子不同，如今先生去世，我就请他做先生教儿子的书。"立刻写了自己的名帖，让九岁的儿子来拜虞博士做先生。虞博士从此也在祁家教书。

常熟是极出人才的地方。这时候有一位叫云晴川的先生，古文诗词，天下第一，虞博士到了十七八岁，就跟他学诗文。祁太公说："虞相公，你出身贫寒，单学这些诗文是考不上科举的，你还该去买两本考卷来读一读，将来出去应考，中了，教书先生也好做些。"虞博士听了祁太公的话，果然买些考卷看，到二十四岁时出去应考，就中了。第二年，他到二十里外杨家村一个姓杨的人家里去教书，每年三十两银子。

又过了两年，祁太公帮他娶了黄家的女儿做妻子，夫妇两个先是在祁家住，后来在祁家旁边找到了房子，搬进去住，又雇了一个仆人。虞博士三十二岁那年，村里的学校没有学生，夫妻二人的生活很艰难，恰好其他村庄有一个姓郑的人家请他去看葬坟。虞博士带了罗盘，用心用意地替他看坟，那郑家送给他十二两银子。虞博士叫了一只小船回家，那时正是三月中旬，两边岸上有些桃花、柳树，又吹着微风，虞博士心里舒畅，坐在窗子旁边来看风景，忽然看见岸上一个人跳下河里来。虞博士吓了一跳，忙叫船家把那人救了起来。救上了船，那人一身的水。幸好天气还很暖，虞博士叫他脱了湿衣服，叫船家借一件干衣裳给他换了，请他进船来坐，问他为什么寻短见。那人说："小人就是这里的农民，靠替人家种田为生，父亲得病死在家里，竟没钱买口棺木。我想我这样的人还活在世上干什么，还不如死了算了！"虞博士说道："这是你的孝心，但也不要寻死。我这里有十二两银子，也是别人送我的，不能全都给你，我还要留一些过日子。现在就送你四两，你拿去和邻居亲戚们说说，大家会帮你，你回去把父亲葬了吧。"说完就从行李里拿出四两银子，递给那人。那人接着银子，拜谢道："恩人尊姓大名？"虞博士说："我姓虞，在麟绂村住。你赶快回家料理后事去吧。"那人拜谢着走了。

虞博士回家，到了下半年又到别人家去当教师，到年底，妻子还生了个儿子，因祁太公常常帮助他，所以他给儿子取名叫作感祁。虞博士四十一岁，参加乡试，中了举人，直到五十岁时，再进京去会试，才中进士，殿试在二甲，朝廷要将他选做翰林。谁知这些进士，有五十岁的，也有六十岁的，履历上写的大都不是实际的年纪。只有他写的是五十岁。天子看见了说道："这虞育德年纪老了，就让他做一个闲官吧。"于是就让他做南京的国子监博士。虞博士高兴地说："南京是个好地方，有山有水，又和我家乡相近。我这次去，把妻儿老小接来团聚，不比做个穷翰林强？"离开京城前往南京之前，在翰林院做侍读的王老先生，托付他说："老先生到南京去，国子监有个叫武书的人，他侍奉母亲十分孝顺，极有才情。老先生到那后，照顾照顾他。"虞博士答应了。收拾行李，来南京到任。打发仆人到常熟接家眷。此时公子虞感祁已经十八岁了，跟随母亲一同到南京来。

虞博士去参见了国子监祭酒李大人，回来后，监里的门生纷纷来拜见。虞博士看见帖子上有一个武书，就问道："哪一位是武书？"只见人丛里一个身材矮小的人走过来答道："门生便是武书。"虞博士道："在京师久仰年兄的孝行，又有大才。"重新同他见了礼，请他坐下。武书道："老师学问渊博，门生能够见到您，真是三生有幸。"虞博士说："我初到此地，凡事请多指教。年兄在这里几年了？"武书说道："不瞒老师说，门生自幼丧父，只身一人，又无弟兄，母亲在世时为了侍奉母亲，不能读书应考。后来母亲过世，一切丧葬大事，都亏了天长县的杜少卿先生帮助。门生便随杜少卿先生学诗。"二人又聊了一会，武书辞别。虞博士送他出门。虞博士说："杜少卿先生的诗集我也读过，他是奇才。他在南京吗？"武书说："他现在住在利涉桥的河房里。其实门生并不会做八股文章，因是后来生活潦倒，无奈之下只得学做两篇，随便去考，就进了学。门生做文章不在行，倒是考诗赋，总得一等第一。”虞博士说道：“这足见你的才名，令人心服。我也不耐烦做八股文。若有诗赋古文，总愿意细细品读。”虞博士又问：“还有一位庄绍光先生，天子赐他元武湖的，他在湖中住着吗？”武书说：“他就住在湖里。但他轻易不会客。”虞博士说：“我明日就去求见他。”又聊了一会，武书告辞，虞博士亲自送他出门。第二天，便往元武湖去拜访庄绍光征君，可惜没见到面。虞博士便到河房去拜杜少卿，杜少卿与他会面。虞博士说起仰慕庄绍光先生，只是今日无缘，没见到面。杜少卿道：“他不知道，我和他说去。”虞博士告别回去了。

第二天，杜少卿走到元武湖，找到庄绍光，问道：“昨日虞博士来拜。先生怎么不见他？”庄绍光笑着说：“我懒得和官府的人打交道。”杜少卿说：“这人大是不同，无学究气，尤其无进士气。他淡薄功名，是和柳下惠、陶渊明一样的人。你见到他就知道了。”庄绍光听了，便去回拜，两人一见如故，结为生死之交。

又过了半年，虞博士要替儿子娶亲。新娘子就是祁太公的孙女。祁府送了女儿到南京完婚，又陪嫁来一个丫头。办完喜事，虞博士把这丫鬟许配给了家里姓严的管家，管家拿出十两银子作为身价银。虞博士说：“你也要备些床帐衣服。这十两银子，就算我给你的，你拿去准备吧。”严管家磕头道谢。

又过了几天，仆人送来一副大红连名全帖，上写着：“晚生迟均、马静、季崔、蘧来旬，门生武书、余夔，世侄杜仪同顿首拜。”虞博士看了道：“这是什么原因？”慌忙出去会见这些人。到了大厅，大家见过礼坐下。迟衡山说道，“晚生们今天来，是来商量选一位泰伯祠大祭的主祭之人，这次既然祭的是大圣人，必须找个贤能的人主祭，所以特来请老先生。”虞博士道：“这我怎么敢当？只是祭祀是大事，我自然愿去。请问定在什么时候？”迟衡山说：“四月初一日。前一天就请老先生到祠中斋戒一宿，以便行礼。”虞博士答应了，大家喝完茶，就告辞了。

到了三月二十九日，迟衡山约齐杜仪、马静、季崔、金东崖、卢华士、辛东之、金寓刘、宗姬、武书、臧荼等四十个各地名士一起出了南门，来到泰伯祠。泰伯祠坐落在几十层高坡上，十分壮观。中间是五间大殿，殿上有泰伯神位，面前供桌、香炉、烛台。殿后有五间大楼。左右两边，一边三间书房。众人来到殿后“习礼楼”，将乐器搬下楼来摆好，金次福、鲍廷玺两人领了一群戏子和六六三十六个孩子，进来见了众人。下午，虞博士到了。庄绍光、迟衡山、马纯上、杜少卿把他迎了进来。喝过了茶，换了公服，大家都在两边书房里斋戒。

第二天五更，祠门大开，虞博士主持祭祀大礼，马二先生和迟衡山做副主持。当时，鼓乐齐鸣，香火缭绕，六六三十六个孩子，在堂上舞蹈。堂上、堂下、门里、门外、两廊，都点了灯烛，各位名士轮流拜祭圣人泰伯并献上祭品。拜祭完毕，厨师宰杀一条牛、四只羊，共准备了十六桌席：楼底下摆了八席，两边书房摆了八席，款待众人。喝了半日的酒，虞博士上轿先进城去。其他人有坐轿的，也有走着的，分别回去。见大街上的百姓，扶老携幼，挤着来看，欢声雷动。马二先生笑着问："你们这是为什么事？"众人都说："我们生长在南京，也有活了七八十岁的，从没见过这样的祭礼，老年人都说这位主祭的老爷是一位圣人降临，所以都争着出来看。"众人都欢喜，一齐进城去了。

几天后，杜少卿在酒店吃饭，恰好遇到武书走了进来，两个人一起坐下，杜少卿说道："武兄，好久不见，这些日子你在哪里？"武书说："前几天国子监考试，小弟又是一等第一。"杜少卿道："这是大好事。"武书道："倒不说好不好，只是出了一件不同寻常的事来。"杜少卿道："什么事？"武书说："这一回朝廷奉旨要甄别在监读书的人，所以考试那天上头吩咐下来，要监生们脱下衣服、靴子，仔细检查。考的是两篇，一篇《四书》，一篇经文。有个考《春秋》的考生，竟带了一篇刻的经文进去。他带了也罢，上去报告要去方便，就把这经文夹在卷子里，送上堂去。那天遇着虞老师监考，上边也派人来巡视。虞老师一翻卷子，看见那刻的经文，忙拿了藏在靴筒里。巡视的人问是什么东西，虞老师说没什么。等那人方便完，悄悄递给他：'你刚才上堂不该夹在卷子里拿上来。幸亏是我看见，若是别人看见，怎么得了？'那人吓了个半死。发榜时考在二等，走来谢虞老师。虞老师却说不认得，那人问他姓名，他也不肯说。我问老师为什么要这样做，他只说读书人要讲廉耻。先生，你说这事奇怪不奇怪？"杜少卿道："这也是老人家常有的事。"武书又说："还有一件事，更可笑的！

他儿媳陪嫁来的一个丫头,被他许配给姓严的管家了。那奴才看见家里没什么油水,就要走。虞老师从前白白把丫头配给了他。他而今要领丫头出去,要是别人,就会要丫头的身价钱,不知会要多少。虞老师听了说:‘你两口子出去也好。’又给了他十两银子,把他推荐在一个知县衙门里做随从。你说好笑不好笑?”杜少卿说:“这些做奴才的有什么良心!但老人家两次赏他银子,并不是有心要人说好,所以难得。”

吃完饭,武书告辞,才走到利涉桥,遇见一个人,头戴方巾,身穿旧布长袍,脚穿草鞋,身上背着行李,花白胡须,十分憔悴。那人丢下行李,向武书作揖。武书惊诧地说:“郭先生,自江宁镇一别,又是三年,你最近在哪?”那人说道:“一言难尽!”武书说:“请到茶馆里坐。”当下两人到茶馆里坐下。那人说:“我一向寻找父亲,走遍天下。从前有人说是在江南,所以我到江南,这是第三次了。现在又听见人说不在江南,已到四川山里削发为僧去了,所以我要到四川去。”武书说:“可怜!可怜!但先生一走几万里,这不是容易的事。好在要经过西安,西安府里有一个知县,姓尤,正是我们国子监虞老先生的同年,如果托虞老师写一封信去,倘若路费缺少,他还可以帮助你。”那人道:“我是草野之人,怎么进得去国子监?”武书说:“没关系。这里再走几步就是杜少卿家,先生同我到少卿家坐着,我去讨信。”那人问道:“杜少卿?就是天长县那个推荐他做官他都不去的豪杰吗?”武书说:“正是。”那人说:“这人我倒要会会他。”于是,付了茶钱,一同出了茶馆,来到杜少卿家。

杜少卿出来相见作揖，问："这位先生贵姓？"武书说："这位先生姓郭，名力，字铁山。二十年走遍天下，寻访父亲，是有名的郭孝子。"杜少卿听了这话，重新见礼，请郭孝子上坐，便问："太老先生为什么数十年不知消息？"郭孝子不好说。武书对着少卿的耳朵轻轻地说："曾在江西做官，投降过宁王，所以逃窜在外。"杜少卿听完也很吃惊，但见他如此孝顺，心里敬他，就把他留下来说："先生先在我家住一宿，明日再走。"郭孝子说："少卿先生是豪杰，天下皆知共闻，我也不客气，就在这住一晚。"杜少卿进去和娘子说，替郭孝子浆洗衣服，准备酒菜，武书说起要问虞博士要书信的事，杜少卿说："这个容易。郭先生在我这里坐着，我和武兄去要。"于是二人来到国子监，把话一说完，虞博士便说："这封信我怎么会不写？只是他这万里长途，路费也难凑，我拿给他十两银子，少卿，你去送与他，不必说是我给的。"写完书信，和银子一起拿出来交给杜少卿。杜少卿接了，同武书拿回家。又找自己的衣服当了四两银子，武书也回到家去当了二两银子来，又苦留郭孝子住了一日。庄绍光听说有这个人，也写了一封信、拿四两银子送来。第三天，杜少卿备早饭和郭孝子吃了，武书也来陪着，吃完，替他拴好行李，把二十两银子和两封信书递给郭孝子。郭孝子不肯要。杜少卿说："这银子是我们江南这几个人的，先生为什么不要？"郭孝子才接受了，辞别出门。杜少卿同武书送到汉西门外才回去。

第十四回

豪侠勇武萧云仙

郭孝子晓行夜宿，一路来到陕西同官县，拿着虞博士的书信拜见尤知县。尤公看了信，十分钦敬他，请他在衙门住下，郭孝子不肯，于是安排他去县里的一个叫作海月禅林的庵堂。来到庵堂，庵里的老和尚高兴地接待了他，两人喝着茶。郭孝子问老和尚："您一向在这里做方丈的吗？"老和尚说道："贫僧当年住在南京太平府芜湖县甘露庵里的，后在京师报国寺做方丈。因为讨厌京师热闹，所以到这里居住。施主如今却要去成都，是去干什么？"郭孝子见老和尚慈眉善目，就说了实话。老和尚流泪叹息了一番。

三天后，郭孝子来向尤知县辞别，尤知县准备了一席酒请郭孝子。喝过酒，拿出五十两银子和一封信，嘱咐他到了成都如果遇到困难可以找自己的朋友萧昊轩。郭孝子谢过了知县，回到庵中与老和尚辞别，第二天一早，老和尚送他出禅林，叫他找到父亲之后给自己写一封信报喜，郭孝子答应了，离开陕西同官县前往成都寻父去了。

郭孝子一路风餐露宿走到成都府，多处探访，得知父亲在离成都府四十里外的竹山庵里做和尚，就去相认。哪知父亲无论如何都不认他。郭孝子在门外哭了一场又一场，可父亲就是不认，于是他只好在半里路外租了一间房屋住下。一天早上，他在庵门口看见一个道人出来，于是买通了这道人，日日搬柴运米，养活父亲。不到半年，身边的银子用完了，想去找萧昊轩，又怕自己一走父亲这里断了米粮。于是他就为人做帮工，替人家挑土、打柴，每天挣点小钱，养活父亲，后来遇着有个邻居往陕西去，他就把寻父亲的经过，写了一封信书，带与海月禅林的老和尚。

老和尚看了信，又欢喜，又钦佩他。不久后，禅林里来了一个挂单的和尚。那和尚俗名赵大，原是盗贼头目，披着头发，两只怪眼，凶相未改。老和尚慈悲，容他住下。没想到这恶和尚在禅林喝酒、行凶、打人，无所不为。老和尚赶他走，他怀恨在心收拾衣服走了。半年后，老和尚想要到峨眉山走走，顺便去成都会会郭孝子，于是辞别众人，挑着行李衣钵，风餐露宿，一路来到四川。

那天，离成都有百十多里路，老和尚来到一个茶棚喝茶。那棚里还坐着一个和尚。老和尚看他面熟，又记不起来了，没想到那个和尚主动和他打招呼说："和尚，这里茶不好，前边不多几步就是小庵，请到小庵里去喝杯茶？"老和尚欢喜地说："最好不过。"那和尚领着老和尚，曲曲折折，走了七八里路，才到一个庵里。那庵三间房间，前边一尊迦蓝菩萨。后三间殿，并没有菩萨，中间放着一个榻床。那和尚带着老和尚走进庵门才说道："老和尚！你认得我吗？"老和尚才想起是禅林里赶出去的恶和尚赵大，吃了一惊，说道："方才偶然忘记了，原来是你。”恶和尚竟走到床上坐下，睁开眼道：“你今天落到我的手心，不怕你飞上天去！我这里有个葫芦，你拿着到半里路外山冈上一个老妇人开的酒店里，替我打一葫芦酒来！快去！”

老和尚不敢违抗，捧着葫芦出去，找到山冈子，果然有个老妇人在那里卖酒，老和尚把这葫芦递给她。那妇人接了葫芦，上上下下把老和尚一看，止不住眼里流下泪来，便要拿葫芦去打酒。老和尚吓了一跳，便问：“老菩萨，你怎么见了贫僧就这般悲痛起来？这是什么缘故？”那妇人含着泪，说道：“我方才看见老师父是个慈悲面貌，不该遭这一难！”老和尚吃惊地说：“贫僧是遭的什么难？”那老妇人说：“老师父，你可是在半里路外那庵里来的？”老和尚说：“贫僧便是。你怎么知道？”老妇人说：“我认得他这葫芦。他但凡要吃人的脑子，就拿这葫芦来打我店里药酒。老师父，你这一回去，就不能活命了！”老和尚听了，吓得魂飞魄散，慌忙说：“这怎么办？我如今还是跑吧！”老妇人说：“你怎么跑得了？这四十里内，都是他旧日的土匪党羽。他庵里跑了一人，一声梆子响，即刻有人捆了你，送回庵里去。”老和尚哭着跪在地下说：“求老菩萨救命！”老妇人说：“我怎么能救你？我若说破了，性命也难保。但看老师父慈悲，死得可怜，我指一条路给你，你去找寻一个人。”老和尚问：“老菩萨，你让我去找谁？”老妇人说：“离这里有一里多路，有个小山冈，叫作明月岭。你从我这屋后山路过去，还可以近一点。你到岭上，有一个少年在那里打弹子，你却不要问他，只要跪在他面前，等他问你，你再把这些话向他说。只有这个人还可以救你。你快去求他吧。如果这个人还不能救你，我今天说破了这个话，也活不成了！”

老和尚听了，战战兢兢，将葫芦里打满了酒，谢了老妇人，在屋后攀附藤蔓上去。走了不到一里多路，果然见到一个小山冈，山冈上一个少年在那里打弹子。山洞里嵌着一块雪白的石头，不过铜钱大，那少年的弹子一下下都打得很准。老和尚近前看那少年，只见他头戴武巾，身穿藕色战袍，皮肤白皙，十分英俊。那少年打弹子打得正起劲，老和尚走来，双膝跪在他面前。少年正要问时，山坳里飞起一阵麻雀。那少年说道：“等我打了这个麻雀。”手起弹子落，把麻雀打死了一个坠下去。然后看见老和尚含着眼泪跪在跟前，说道：“老师父，你快请起来。你的来意我知道了。我学弹子，正是为这件事。今天你来，就是他的死期，老师父，你别怕，快将葫芦酒拿到庵里去，脸上千万不能有慌张害怕的样子。你到那里，他叫你干什么你就干什么，我自会来救你。”

老和尚没办法，只得捧着酒葫芦，照旧路，回到庵里。进了后殿，只见恶和尚坐在中间床上，手里拿着一把明晃晃的钢刀，问老和尚：“你怎么这时才来？”老和尚道：“贫僧认不得路，走错了。”恶和尚道：“这也罢了，你跪下吧！”老和尚双膝跪下。恶和尚说道：“跪近些！”老和尚见他拿着刀，不敢上去。恶和尚说道：“你不上来，我劈面就砍下来！”老和尚只得爬上去，恶和尚说：“你把帽子摘了！”老和尚含着眼泪，自己摘了帽子。恶和尚走上前把老和尚的光头捏一捏，把葫芦药

萧云仙智勇双全救老僧

酒倒出来吃了一口，左手拿着酒，右手持钢刀，向老和尚头顶心里劈下来。不想刀口还没落在老和尚头上，只听得门外飕的一声，一个弹子飞了进来，飞到恶和尚左眼上。恶和尚大吃一惊，丢了刀，放下酒，用一只手按着左眼，飞跑出来，到了外殿。只见迦蓝菩萨头上坐着一个人。恶和尚抬起头来，又是一个弹子，把右眼也打瞎了。恶和尚跌倒了。

那少年跳下来，跑到后殿。老和尚已经吓得瘫倒在地上。他一把把老和尚拉起来，背在身上，出了庵门，一口气跑了四十里。才把老和尚放下，说道："好了，老师父，你大难不死，必有后福。"老和尚才回过神来，跪在地下拜谢，问："恩人尊姓大名？"那少年说："我不过是为民除害，并不是有意救你。你快走吧，不用问了？"老和尚又问，他就是不肯说。老和尚只得又拜了九拜，说道："我先辞别恩人，有机会一定以死相报。"拜完起来，上路去了。

送走老和尚，那少年已经筋疲力尽，于是找到路旁的一个茶棚坐下。只见茶棚里还坐着一个人，头戴孝巾，身穿白布衣服，脚穿草鞋，面色枯瘦，怀里有一个盒子，脚下放着行李，便和他拱一拱手，在对面坐下。那人笑着说："清平世界，朗朗乾坤，你用弹子打瞎人的眼睛，还来这店里喝茶！"那少年问："老先生从哪里来？怎么知道这件事的？"那人说："我是开个玩笑。为民除害是最难得的事。请问你尊姓大名？"那少年说："我姓萧，名采，字云仙，住在成都府二十里外的东山。"那人惊异地问："成都二十里外东山有一位萧昊轩先生，可是令尊？"萧云仙也很吃惊，说："正是家父。老先生怎么知道?”那人便把自己的姓名和来四川的原因说出来,他正是郭孝子,并说:“我在同官县时,县令尤公写了一封信给我,说来到四川如果遇到困难可以找令尊,没想到今天遇见了你。你刚才救的这老和尚,我也认得。看到你如此英雄,我一猜你就是昊轩先生的令郎,可敬!可敬!”萧云仙问道:“老先生既然找到了父亲,为什么不在一起?您现在要去哪?”郭孝子见问这话,哭起来说道:“家父不幸去世了。这盒子里就是家父的骨灰。我本是湖广人,现在要把家父的骨灰带回故乡去埋葬归葬。”萧云仙听完流着泪说道:“可怜!可怜!但晚生有幸遇着老先生,请老先生同晚生到舍下去会一会家父吧?”郭孝子说道:“本该到府上拜访,但我背着先父的骸骨不方便,况且我急于回乡葬父。请你代为向令尊大人问候吧。”说着从行李中取出尤县令的信来,递给萧云仙。又拿出百十个钱来,叫店家买了酒肉和蔬菜之类,同萧云仙吃着,便向他说:“长兄,我和你一见如故,这是人生最难得的事,况且我从陕西来,原本想投奔令尊,这个就更比初交不同了。长兄,你今天做的事,是而今世上人不肯做的,真是难得。但我也有一句话要劝你,可以说得吗?”萧云仙说道:“晚生年少,正要求老先生指教。”郭孝子说:“而今是四海一家的时候,比不得春秋、战国时,侠客们行侠仗义就可以成名。任你是荆轲、聂政,在当今也只好叫作乱民。像长兄有这样的品貌才艺,又有义气肝胆,正该到疆场替朝廷效力。一刀一枪,博得个青史留名。不瞒长兄说,我自幼自学了一身武艺,但成年后奔波辛苦数十余年,而今老了,不中用了。长兄年富力强,万不可蹉跎自误。”萧云仙说道：“晚生承蒙老先生指教，如拨云见日，感谢不尽。”又说了些闲话，第二天一早，直送郭孝子到二十里路外岔路口，彼此洒泪分别。

回到家中，萧云仙向父亲问了安将尤县令的信呈给父亲看过。萧昊轩感叹了郭孝子的孝心、尤县令的仁义。萧云仙在家侍奉父亲。

半年后，松潘一带的苗族人与汉人通商，因为买卖不公，彼此吵闹起来。越吵越凶，于是发生了械斗，大打了一仗。当地驻军前来护救，都被杀伤了，苗人又将一座青枫城强占了去。巡抚将事情飞奏到京，朝廷派少保平治前来镇压。平少保得了圣旨，火速离京，到了松潘驻扎。萧昊轩听到这件事，唤了萧云仙到面前，吩咐说道：“我听平少保带兵驻扎在松潘，少保与我是故交，你现在前去投军，说出我的名姓，少保若肯留在帐下效力，你也可以借此报效朝廷，现在正是男子汉发奋有为之时。”萧云仙说道：“父亲年老，儿子不敢远离膝下。”萧昊轩说：“你这话不对。我虽年老，但身体还好，何必要你追随左右？你若是借口不肯前去，便是贪图安逸的不孝之子，从此我便不许你再见我的面了！”几句话让萧云仙闭口无言，只得辞了父亲，收拾行李，前去投军。一路程途，不必细说。

到了松潘，来到平少保的大营，说明来意，平少保十分高兴，留他在身边做千总。过了几天，各路粮饷都已调齐，少保升帐，传下将令，叫军官们在辕门听候命令。萧云仙早到，只见先有两位都督在辕门上。萧云仙请了安，立在旁边。不一会儿，只听见一声鼓响。少保升帐，传下号令，叫两位都督率领本部兵马，作中军策应；叫萧云仙带领步兵五百名在前，先锋开路。将令已下，各路兵马分头行动，攻打青枫城。

萧云仙带领五百步兵全速前进。看见前面一座高山，十分险峻，那山头上隐隐有旗帜，这山叫椅儿山，是青枫城的门户。萧云仙吩咐副将木耐带领二百人从小路走，以炮响为暗号，两面夹攻。木耐领命应诺去了。萧云仙又叫一百兵丁埋伏在山坳里，听见山头炮响后，就一齐喊杀起来，说大兵已到，正赶上前来助战。分派完，萧云仙自己带着二百人，大踏步杀上山来。那山上的几百个敌兵，都藏在山洞里，看见有人杀上来，一起蜂拥出来打仗。萧云仙腰插弹弓，手拿腰刀，奋勇争先，手起刀落，先杀了几个敌兵。那些敌人见萧云仙的兵势头勇猛，正要逃走，后面的二百人冲过来，犹如暴风疾雨。忽然一声炮响，山坳里的伏兵大声喊叫："大兵到了！"飞奔上山。敌兵正在魂惊胆落，又见山后木耐带领的二百人摇旗呐喊飞杀上来，以为大军已经得了青枫城，乱纷纷各自逃命。哪禁得萧云仙的弹子打来，打得鼻塌嘴歪，无处躲避。萧云仙将五百人合在一处，喊声大震，把那几百个敌兵，犹如砍瓜切菜，尽数都砍死了，旗帜器械，得了无数。

萧云仙叫众人歇一歇，就乘胜追击，往青枫城几里时，队伍被带子河挡住。萧云仙见无船渡河，忙叫五百人砍伐林竹，编成筏子。一齐渡过河来。来到城下萧云仙说："我们的大兵没到，攻打城池，不是五百人做得来的。所以不可让敌人知道我们的虚实。"于是制定作战计划，先叫木耐率领兵众，将夺得旗帜改造做云梯，带二百兵，每人身上藏一束枯竹，来到城西僻静的地方，爬上城去，烧敌军的粮草，自己则带剩余的兵丁攻打东门。

这时两位都督率领中军到了椅儿山下，他们不知道萧云仙已经攻占过这里。于是商量说："像这样险恶的地方，必有埋伏，我们只要放炮，叫他们不敢出来，也就可以报捷了。"正说着，一骑马飞奔追来，少保传下军令：叫两位都督上前接应萧云仙。两都督得了将令，不敢不进，带领官兵来到带子河，见有现成的竹筏，都渡过去，望见青枫城里火光烛天。萧云仙正在东门外放炮攻城中。敌兵见城中火起，不战自乱。这时城外中军已到，与前军先锋汇合，将青枫城团团围住，敌军大败，那敌军头目开了北门，带领十几个骑兵突围出去。少保督领后队来到城里，安抚百姓，随即写了奏章，派人到京里报捷。

这里萧云仙迎接少保。少保赏了他一只羊、一坛酒，高兴地夸奖了一番。过了十几天，皇帝下旨升平治为都督，立刻回京上任，萧云仙被朝廷正式授予千总职位，处理青枫城的一切事务。

萧云仙送走少保后回到城中，看见兵灾之后，城墙倒塌，仓库毁坏，便详细写了一个计划，禀明少保。少保便将修城的事批了下来，由萧云仙负责经办。萧云仙监督筑城，足足用了三四年，城才筑成功。周围十里，六座城门，城里又盖了五个衙署。又招集流民进来居住，叫百姓在城外开垦田地。又支钱粮，雇民工，兴修水利，还修建学堂，并请来一位叫沈大年的先生，这位沈先生是江南人，因为几年前来看望在青枫做生意的亲戚，没想到遭了兵乱，没法回家，于是萧云仙请他在城里教孩子读书。

几年间，青枫城百姓安居乐业。正在这时却传来噩耗，萧云仙的父亲病重。萧云仙日夜兼程回到成都府。到家时，他父亲已卧病在床，不能起来，萧云仙到床前请安，说了自己几年来的所作所为，父亲很为他高兴。临终前嘱咐他说："为人当以忠孝为本，其余的都不重要。"说完，去世了。萧云仙呼天抢地，治办丧事十分尽心。五六个月后，吏部发下官文，升他为应天府江淮卫的守备，立刻上任。于是萧云仙领了委任状走东路来南京。上任没多久，粮道发下文书，要萧云仙押运粮食赴淮。萧云仙上船，到了扬州码头，只见码头上人来人往，十分拥挤，这时后面挤上一只船来，船头上站着一个人，叫道："萧大人！您怎么在这里？"萧云仙回头一看，说道，"啊呀！原来是沈先生！你几时回来的？"原来，这个人正是当年在青枫城教书的沈大年先生。

第十五回

女中豪杰沈琼枝

萧云仙见到沈先生，忙叫自己的船靠向沈先生的船。那沈先生跳上船来与他攀谈，原来沈先生在青枫城教了两年书，积攒下一些银子就回到家乡常州，这次是要将女儿沈琼枝嫁与扬州盐商宋为富为妻的。萧云仙听见这件事，连忙恭喜，拿出一两银子，作贺礼，说道："我现在要押运粮食北上，不敢停泊，将来回到我的衙门，再请先生相会吧。"于是两人彼此告别，坐船走了。

沈先生领着他的女儿琼枝，到岸上叫了一乘小轿子抬着女儿，自己押着行李，到了缺口门，在大丰旗客栈住下。请店里的伙计通报宋盐商。那宋为富打发家人来吩咐道："老爷叫把新娘就抬到府里去，沈老爷留在下店里住着，叫账房款待。"沈先生听了这话，向女儿琼枝说道："我们只说到了这里先住下，等他择吉日过门，怎么会是这个样子？看来他竟不是把你当作正室了。这门婚事，你嫁还是不嫁？女儿，你自己决定。"沈琼枝说道："爹爹，你请放心。我家又没写文书，要他身价钱，为什么低三下四去做小！他既然如此，爹爹若是和他吵闹起来，倒反被外人议论。我先到他家里，看他怎么对待我。”沈先生只得依着女儿，看着她梳妆起来，头上戴了金冠，身上穿了红缎嫁衣。拜辞父亲，上了轿，一直来到宋府，进了大门。

几个奶妈抱着小少爷，在大墙门口同看门的管家说笑，看见轿子来了，问道：“可是沈新娘来了？请下轿，从水巷进去。”沈琼枝听见，也不说话，下了轿，一直走到大厅上坐下，说道：“请你家老爷出来！我常州姓沈的，不是什么低三下四的人家！他既要娶我，怎么不张灯结彩，择吉日过门？把我悄悄地抬了来，像纳妾一样。我且不管他要别的，只叫他把我父亲亲笔写的婚书拿出来给我看，我就没得说了！”奶妈同仆人都吓了一跳，甚觉诧异，慌忙走到后边报告宋为富与老爷知道。

那宋为富正在药房里看着药匠称量人参，听了这些话，红着脸说道：“我们盐商，一年至少也纳七八个妾，都像这样，这日子怎么过？她既然来了，还能飞走！”踌躇一会，叫过一个丫鬟来，吩咐说：“你去前面对那新娘说：‘老爷今天不在，新娘先进房去。有什么话，等老爷来家再说。’”丫鬟来说了，沈琼枝心里想着：“坐在这里也不是事，不如先进去。”便跟着丫鬟走到厅后面，从一个小门里进去，来到三间楠木厅，一个大院落，堆满了太湖石的山子。沿着那山石走到左边一条小巷，穿入一个花园内。竹树交加，亭台轩敞，一个极宽的金鱼池，池子旁边，都是朱红栏杆，夹着一带回廊。走到回廊尽头处，又一个小小的月洞，四扇金漆门。走进去，便是铺设得齐齐整整的一个院落，共有三间屋。沈琼枝走进去坐下，喝着茶，心里暗想："这样的幽静地方，料想这帮人也不会赏鉴，我在此消遣几天。"那丫鬟回去回复宋为富说："新娘长得倒是标致，只是看样子很厉害，不是个好惹的。"

第二天，宋为富叫管家来到客栈，拿出五百两银子送给沈先生，叫他回去。沈先生听了这话，知道自己和女儿被骗，宋为富要女儿做妾，于是急忙走到江都县衙门喊冤。宋家知道了，慌忙写了状子，打通了上面的关节。第二天，状子批出来，批沈先生败诉。沈大年又告。知县大怒，说他是个刁民，派两个差役，押解他回常州去了。

沈琼枝在宋家过了几天，没听见父亲的消息，想道："一定是有人算计了我父亲，再来打我的主意。我不如逃走，再想办法。"于是将房里所有值钱的金银器皿、珍珠首饰，打了一个包袱，穿了七条裙子，扮成奶妈的模样，买通了那丫鬟，五更时分，从后门走了，清晨出了钞关门上船。沈琼枝上了船，心里想道："我若回常州父母家去，故乡人一定会耻笑。"又细想："南京是个好地方，有多少名人在那里，我又会做两句诗，何不到南京去卖诗过日子？也许会遇着有缘人。"打定主意，到仪征换了江船，前往南京。

这时正是四月，秦淮河春光潋滟，一天国子监的武书和杜少卿乘船游玩，过了利涉桥，突然看见码头上贴着一个招牌，上写道：

毗陵女士沈琼枝，精工刺绣，写扇作诗。寓王府塘手帕巷内。赐顾者幸认"毗陵沈"招牌便是。

武书看了，大笑说："杜先生，你看南京城里有许多奇事，手帕巷是暗娼住的地方，这女人住在那儿，却挂起这样一个招牌来，岂不可笑！"杜少卿说："这样的事我们才不管，先到船上喝茶去。"便下船去喝茶。

原来，写招牌的就是沈琼枝。沈琼枝租住在王府塘手帕巷的房子里，自从来到南京，挂了招牌，也有来求诗的，也有来买斗方的，也有来托刺绣的。那些好事的恶少，都一传两，两传三的来捣乱。一天她同房主娘子烧香回来，跟在她们后面走的就有上百人。名士庄非熊也顺路跟在后面，看见她走到王府塘那边去了。庄非熊心里有些疑惑，第二天来到杜少卿家，说："这沈琼枝在王府塘，有恶少们去捣乱，她就要怒骂起来。此人来路奇怪，少卿兄何不去看看？"杜少卿说道："我也听说了，她可能是失意之人，或许是来避难的。我正要去问她。"正说着，来了两个客人：一个是迟衡山，一个是武书。庄非熊见了，说些闲话，又讲起王府塘沈琼枝卖诗文的事。杜少卿说："无论她是怎样的人，要是真能做诗文，这也就难得了。"迟衡山说："南京城里是什么地方！四方的名士数不清，谁会去求女人做诗文？这个明明借此勾引人。她能做不能做，不必管她。"武书说："奇怪。一个年轻女子，独自在外，又没同伴，靠卖诗文过日子，恐怕其中有什么缘故。她既然会作诗，我们就请她来做做看。"说着，吃了晚饭。杜少卿和武书约定明早去请她。

第二天，武书和杜少卿一同到王府塘来。只见前面一间低矮房屋，门口围着一二十人在那里吵闹。杜少卿同武书上前一看，里边是一个长相标致的十八九岁女子，穿着一件宝蓝纱大领披风，在里面大声吵嚷。杜少卿同武书听了听，才知道是有人来买绣香囊，地方上几个流氓来敲诈，被她大骂一顿。两人听明白了，才进去。那些人看见两位进去，也就渐渐散了。

沈琼枝看见两人气度不凡，连忙接待，拜了万福。坐定，彼此谈了几句闲话。武书说："这位杜少卿先生是南京诗坛大家，昨天有人说您的诗文很好，所以来请教。"沈琼枝说："我在南京半年多，凡到我这里来的，不是把我当作娼妓，就怀疑我是江洋大盗。今天见到二位先生，既无玩弄我的意思，又无疑猜我的心肠。我平日听家父说：'南京名士很多，只有杜少卿先生是个豪杰。'这句话不错了。但不知先生是独自居住南京，还是和夫人同住？"杜少卿说："夫人也同住在河房内。"沈琼枝说道："既然如此。我就到府拜见夫人，好将心事细说。"杜少卿答应了。同武书辞别出来，武书对少卿说："我看这个女人很奇怪。若说她是个娼妓，她却不带淫气；若是说她是婢妾，她却又不带贱气。看她虽是个女流，倒像个豪侠。她的打扮虽然有些柔媚，可双手却像是练过拳术，但也未必是女侠，好勇斗狠，逃了出来的。等她来了，好好问问她。"

说着，已回到杜少卿家门口，看见卖花的姚奶奶背着花笼儿来卖花。杜少卿就请她进里屋，和娘子一同等沈琼枝来。不一会儿，沈琼枝坐轿子来了，杜少卿请她进内室见娘子，见过礼，摆上茶。杜少卿坐在窗栏前，彼此寒暄，杜娘子问道："沈姑娘，看你如此年轻，在这里有同伴吗？家里父母还在吗？可曾许过人家？”沈琼枝说：“家父历年在外教书，先母已经去世。我自小学了些针线活，来到南京借此糊口。承蒙杜先生看得起，才来到府上，又和夫人一见如故，真是天涯遇知己。”姚奶奶说：“沈姑娘的针线活出奇的好。昨日我在对门葛来官家，看见他娘子买了一幅绣的‘观音送子’，说是买的姑娘的，真是比画的还好！”沈琼枝说：“胡乱做做罢了，让您见笑了。”不一会，姚奶奶走出去。沈琼枝在杜娘子面前双膝跪下。娘子大惊，扶了起来。沈琼枝便把盐商骗她做妾，她拐了东西逃走的事，说了一遍，“而今只怕他会来捉我。请夫人救我。”杜少卿说：“盐商富贵奢华，多少士大夫见了都卑躬屈膝，你一个弱女子，视如粪土，这就可敬极了！但他一定会来捉你，你这祸事不远。却也没什么大害。”

正说着，仆人进来请少卿说：“武爷有话要说。”杜少卿走到外屋，只见里面站着两个官差。少卿吓了一跳，问道：“你们是哪里来的？有什么事？”武书应声回答：“是我叫他们进来的。如今县衙里有江都县的缉捕的文书，说是江都县的宋盐商家逃出来的一个妾，正是沈琼枝。”少卿说道：“此刻她在我家。我要是把她交给官差，就像是我家指使的；传到扬州去，又像我家藏留她。她逃走不逃走都不要紧，只是这样不妥。”武书说道：“小弟叫官差进来，正为此事。少卿兄现在不如先赏官差些银子，叫他们到王府塘手帕巷去，等她自己回去解决这件事。”少卿同意了，赏了官差四钱银子，官差不敢违拗，走了。

少卿回身进去，将这件事告诉沈琼枝。沈琼枝起身说：

“这个不妨。差人在哪里？我同他去。”少卿留她吃了饭，饭后，送给她一本自己的诗集和四两银子，沈琼枝收下。沈琼枝告辞出门，上了桥，一直回到手帕巷。

只见两个官差等在门口，拦住说道：“是原轿子抬了走，还是下来同我们走？进去是不必的了。”沈琼枝说：“你们是都堂衙门的？还是巡抚衙门的？我又没犯法，又不打钦案官司，哪里有拦门让进去的道理！你们这样虚张声势，吓唬谁？”说着，下了轿，慢慢地走进屋去，把诗同银子收在一个首饰匣子里，出来叫：“轿夫，你抬我到县里去。”官差说道：“千差万差，来人不差，我们清早起，听说你在杜相公家，给你面子，等你的轿子回来。你就是女人，难道也不请我们喝茶？”沈琼枝见官差想要钱，理都不理，只给了轿夫二十四个轿钱，把她抬到衙门。

到了衙门，知县升堂。知县看她容貌美丽，就问：“你一个女子，为什么不守礼法，私自逃出，又偷了宋家的银两，藏在本县想干什么？”沈琼枝说：“宋为富强占良家女子为妾，我父亲和他打官司，他买通江都知县，将我父亲断输了，这是不共戴天之仇。况且我虽然是个女子，也读过几天书，怎么肯嫁给一个卑鄙小人？所以逃了出来。这是真的。”知县说：“你这些事，江都知县会问你，我也不管。你既然会写诗，可以当面作诗一首吗？”沈琼枝说道：“请随意命一个题。”知县指着堂下的槐树，说道：“就以此为题。”沈琼枝不慌不忙，吟出一首七言八句来，又快又好。知县很欣赏她，叫那两个捉她来的官差到她的住处取来行李，当堂查点。翻到她有一个首饰盒，一包碎散银子，一本书，一个诗卷。知县看了，知道她也和本地名士唱和赠答。写好官文，吩咐那两个官差送她去江都县。知县与江都知县是同窗好友，就又秘密地写了一封信，请他放过沈琼枝，把她还给她父亲，另选女婿再嫁。

于是沈琼枝同两个官差出了县门，被用轿子抬到汉西门外，上了船。官差将行李放在船头上，自己在甲板上休息。沈琼枝坐在中舱，不一会，船家来要船钱。两个官差啐了一口，拿出官文来说道："你看！这是什么东西？我们办公事的人，不向你要钱就够了，你还来管我们要钱！"船家不敢言语，向别人要完钱，开船到了燕子矶。

一夜西南风，清早到了黄泥滩。官差向沈琼枝要钱，沈琼枝说："我昨天听得明白，你们办公事不用船钱的。"官差说："沈姑娘，正所谓管山吃山，管水吃水，都像你这么一毛不拔，我们喝西北风去！"沈琼枝听了说道："我就不给你钱，你敢怎么样！"说着走出船舱，跳上岸去，两只小脚就像是飞的一般，竟要自己走了去。两个差人慌忙搬了行李，赶着扯她，被她一拳打了一个仰八叉。同那个官差吵成一片，官差只好给她雇了一乘轿子，送到县衙。

沈琼枝不畏强权拒官差

第十六回

封建卫道王玉辉

送走沈琼枝，杜少卿闲来无事，依旧读书、饮酒，每天与众名士作诗赠答，日子过得逍遥自在。五月的一天，正在书房吟诗，仆人进来禀报："余大先生和余二先生到了，现在正坐在客厅，请老爷过去。"杜少卿听了十分高兴，忙放下手中的书出来会见表哥。

这位余大先生名叫有达，他还有个弟弟叫余有重。兄弟二人是杜少卿的表哥，他们住在五河县，一直守着祖宗的家训，闭户读书，二人的品行文章极好。后来，余大先生被选为徽州府学训导，带着弟弟一起去徽州上任，途中路过南京，想起："少卿表弟住在南京利涉桥河房里，何不顺便去看看他？"就进城来到杜少卿家。杜少卿一见是两位表兄，心里欢喜，行礼坐下，说了些十几年阔别的话。余大先生感叹说："老弟，你祖上留下不少产业，可惜被你丢弃了。你一个做大少爷的人，而今卖文为生，怎么会习惯？"杜少卿说道："我现在在这里，有不少朋友，倒也住惯了。不瞒表兄说，愚弟我也没什么爱好，夫妻俩带着几个儿子，粗茶淡饭，心里很平静。从前的事，也后悔不来。"说完请表兄喝茶吃。然后走进去和娘子商量，要办酒席替表兄接风。此时杜少卿穷了，办不起，思量着拿东西去当。这天是五月初三，正好一个叫庄耀江的好友派仆人送给他一担东西过端午节。一看是一尾鲥鱼，两只烧鸭，一百个粽子，二斤洋糖和四两银子。杜少卿写回帖叫了多谢，收了。那仆人回去了。杜少卿和娘子说："这东做得成了。"后来又添了几样，娘子亲自准备酒菜。迟衡山、武书住的近，杜少卿就请这两人来作陪。二位来到，大家说了些彼此仰慕的话，在河房里一同喝酒聊天。后来，又留余家兄弟住了几天，二人因为有公务在身，急于赴任，就辞别了。

余大先生本来就极有文采，很有名，徽州人都知道。如今来做府学训导，徽州人听见，个个欢喜。到任之后，见余大先生胸怀坦荡，言语爽利，这些秀才们，都来拜见。又拜见余二先生谈谈，谈的也都是有学问的话，众人更加钦佩，每天都有几个秀才来拜会。

那天，余大先生正坐在厅上，只见外面走进一个老秀才来，头戴方巾，身穿旧宝蓝长衫，面皮深黑，花白胡须，约有六十多岁。那秀才自己手里拿着帖子，递给余大先生。余大先生看帖子上写着："门生王蕴。"那秀才递上帖子，拜了一拜。余大先生回礼说道："年兄的字是玉辉吗？"王玉辉道："门生正是。"余大先生道："玉辉兄，二十年来久闻大名，而今才有机会一见。我和你就以兄弟相称，不必拘这些俗套。"于是请到书房里去坐，叫人请二老爷出来。二先生出来，同王玉辉见面，彼此又道了一番仰慕之意，三人坐下。

二先生问："一向知道您清贫，如今在谁家教书？以什么为生?”王玉辉说:“不瞒您说,我做了三十年秀才,生平只有一个志向,就是要编纂三部书。”余大先生问:“是哪三部?”王玉辉说:“一部礼书,一部字书,一部乡约书。”二先生道:“是什么样的书?”王玉辉说:“礼书是将三礼分起类来,如事亲之礼,敬长之礼等类,教子弟们自幼习学;字书是七年识字法。这部书已写完,回头送来给您看;乡约书不过是规范礼仪,劝醒愚民的意思。门生整天不停写书,所以没工夫去别人家教书。”余家兄弟不禁赞叹了一番。大先生问:“您有几位公子?”王玉辉说:“只有一个儿子,倒有四个女儿。大女儿守节在家里,那几个出嫁了。”说着,余大先生留他吃了饭,将门生帖子退了不受,说道:“我们老弟兄要时常请你来谈谈。”弟兄两个一同送出大门来,王先生慢慢回家。他家离县城有十五里。

王玉辉回到家里,向老妻和儿子说余大先生的和蔼。两天后,余二先生来拜访他,送他一担米和一些银子说:“这是家兄的俸银一两。”王玉辉接了银子,口里说道:“我没有孝敬老师,怎么反而受起老师的惠来?”推让了一番,最后王玉辉说:“这是‘长者赐,不敢辞’,只得接受了。”准备饭菜留二先生坐,拿出三样书的稿子来,递给二先生看。二先生细细看了,不胜赞叹。坐到下午时,只见一个人走进来说道:“王老爹,我家少爷病得厉害,老夫人叫我来请老爹到那里去看看。”王玉辉对二先生说道:“这是我三女儿家的人,因为女婿有病,约我去看。”二先生说道:“既然如此,我就告辞了。您的稿子,我带去给家兄看,看完再送过来。”说完起身回去。

王玉辉走了二十里，到了女婿家，看见女婿果然病重，医生在那里看，用药总不见效。几天后，女婿死了。王玉辉痛哭一场。见女儿哭得天愁地惨，等着丈夫入过殓，出来拜公婆，和父亲说道："父亲在上，我大姐死了丈夫，在家连累着父亲养活，而今我又死了丈夫，难道又要父亲养活不成？父亲是寒士，也养活不了这么多女儿！"王玉辉道："你如今要怎样？"三姑娘道："我而今辞别公婆、父亲，也寻一条死路，跟着丈夫一起去！"公婆两个听见这句话，惊得泪下如雨，说道："孩子，你气疯了！自古蝼蚁尚且贪生，你怎么讲出这样话来！你生是我家人，死是我家鬼，我做公婆的怎么会不养活你，还要你父亲养活？快不要这样！"三姑娘说："爹妈也老了，我做媳妇的不能孝顺爹妈，反连累爹妈，我心里不安，就由着我走这条路吧。只是我离死还有几天工夫，求父亲到家跟母亲说了，请母亲到这里来，我当面告别。"王玉辉说道，"亲家，我仔细想来，我这小女要殉节的真心，就由着她吧。自古'心去意难留'。"就向女儿说："孩子，你既然如此，这是青史上留名的事，我难道反而拦阻你？你就这样做吧。我今天就回家去，叫你母亲来和你告别。"

亲家再三不肯。王玉辉执意，回到家里，把这话向妻子说了。妻子说："你怎么越老越呆了！女儿要死，你该劝她，怎么倒叫她死？这是什么话！"王玉辉说道："这样的事你们是不晓得的。"妻子听见，痛哭流涕，连忙叫了轿子，去劝女儿，到亲家家去了。王玉辉在家，依旧看书写字，等候女儿的消息。妻子劝女儿，哪里劝得动。女儿每天照旧梳洗，陪着母亲坐，只是茶饭全然不吃。母亲和婆婆千方百计地劝，可就是不吃。饿到第六天早上，已经不能起床了。母亲看着伤心，也就病倒了，抬了回来，在家睡着。

又过了三天，二更时，有人拿着火把敲门，禀告说："三姑娘饿了八天，在今天中午时去世了！"妻子听见，哭死了过去，灌了汤药，才慢慢醒来，痛哭不止。王玉辉走到床面前说道："你这个人真正是个呆子！三女儿而今已是成了仙了，你哭什么？她这死得好，只怕我将来不能像她一样死的风光哩！"说完仰天大笑道："死得好！死得好！"大笑着，走出房门去了。

第二天，余大先生知道了，很悲伤，准备了香猪，到灵前去拜奠。拜奠过，回衙门，立刻起草文书请求表彰烈妇。二先生也帮着写，连夜送上山。二先生又备了礼来祭奠。过了两个月，上司批准下来，将王家三女儿的牌位送入烈女祠，建造贞节牌坊。到了入祠那日，余大先生邀请知县，摆齐了祭品，送烈女入祠。县里的绅衿，都穿着公服，步行去送。当日入祠后，知县祭，本学祭，余大先生祭，乡绅祭，朋友祭，两家亲戚祭，两家本族祭，祭了一天，在明伦堂摆席。大家请王玉辉上坐，说他生了这样好女儿，为纲纪伦常增光添彩。王玉辉到了此时，转而伤心起来，不肯来。众人在明伦堂喝了酒，散了。

次日，王玉辉来感谢余大先生。余大先生、二先生都留他吃饭。王玉辉说起在家日日看见老妻悲痛，心里不忍，想到外面走走。又想，要出去除非到南京去，那里有极大的书坊，还可以让他们刻这三部书。余大先生听他说完，就说："老哥要去南京，如果见到虞博士，他见了这些书，赞扬一番，就有书坊抢着刻了。"二先生说："先生要去南京，哥如今写一封信去给少卿表弟和庄绍光先生。这两个人的话也很有分量。"大先生欣然写了几封信，给庄绍光、杜少卿、迟衡山、武书的都有。

王玉辉于是坐船从严州、西湖这一路走。一路看着水色山光，悲悼女儿，凄凄惨惨。船到了苏州，他忽然想起自己有一个朋友在苏州，于是下船去找。哪知这个朋友早已搬家，他没找到，于是失魂落魄地在城里闲逛。看见路旁一个茶馆，就走进去坐下，喝了一碗茶。看见那些游船，有的极大，里边雕梁画栋，焚着香，摆着酒席，又有一些船，不挂帘子，里面的女子都穿着极鲜艳的衣服，在船里坐着喝酒。王玉辉心里说道："这苏州风俗不好，女子应该不出闺门，岂有坐船在这河内游荡之理！"又看了一会，见船上一个年纪轻轻却穿着丧服的女子，他又想起女儿，心里哽咽，那热泪直滚出来。王玉辉忍着泪，出茶馆门，一直往虎丘那条路上去。只见一路上四时的花卉盛开，街市上买卖兴隆，有卖酒饭的，也有卖点心的，但王玉辉却全然没有心情吃喝、欣赏，慢慢地走了很久，直到天已昏黑，才回到客栈。收拾好东西，第二天一大早就来到码头，找船一路来到南京水西门上岸，进城来到牛公庵住下。

第二天拿着书信去找虞博士，哪知虞博士因升迁到浙江做官去了，杜少卿会朋友去了，庄绍光回故乡去修祖坟，迟衡山、武书都到外地做官去了，一个也没找着。王玉辉也不难过，听其自然，每天在牛公庵看书。过了一个多月，钱用尽了，上街来闲走走。才走到巷口，遇着一个人作揖，叫道："老伯怎么在这里?"王玉辉看那人，原来是同乡人，姓邓，名义，字质夫。这邓质夫的父亲是王玉辉同学。王玉辉问道："老侄，几年不见，你去哪了?"邓质夫道："老伯住哪里?"王玉辉说道："我就在前面的牛公庵里，不远。"邓质夫于是跟王玉辉来到牛公庵。

到了住处，二人边喝茶边聊，王玉辉把女儿殉节的事告诉他，又说："我因老妻在家哭泣，心里不忍。府学余老师写了几封信，让我来会这里的几位朋友，不想一个也会不着。"邓质夫问道："是哪几位?"王玉辉一一说了。邓质夫感叹说："小侄也恨自己来迟了！当年南京有虞博士在这里，名士鼎盛，那泰伯祠大祭的事，天下皆闻。自从虞博士去了，这些贤人君子，风流云散。小侄去年曾遇见杜少卿先生和庄绍光先生。而今他们都不在家。老伯明天搬到朝天宫小侄那里住吧。"王玉辉答应了，当天就辞别和尚，付了房钱，叫人挑行李，同邓质夫来到朝天宫住下。邓质夫晚间备了酒菜，请王玉辉吃，王玉辉提出要去泰伯祠看看，邓质夫说："我明日同老伯去。"

第二天，两人出南门，来到祠里，邓质夫带了几分银子送给看门的。开了门，进到正殿，只见到处落满了灰尘，当年的胜景早已不在。两人拜了一番。走进后一层，楼底下，迟衡山当年贴在墙上的写着祭祀仪式步骤的表单还在。两人用袖子拂去灰尘看了。又走到楼上，见八张大柜锁着当年用过的乐器、祭器，王玉辉要看。看祠的人说："钥匙在迟府上。"只得作罢。下来到回廊走走，两边书房都看了，才出了大门，辞别看祠的人，又到报恩寺走了走，然后出来到寺门口酒楼上吃饭。王玉辉向邓质夫说："我离家太久，要回家去，只是没有路费。"邓质夫一听，说道："老伯怎么这样说！我来准备路费，送您回家。"于是在第二天便备了饯行的酒，拿出十几两银子来，又雇了轿夫，送王先生回徽州去。又说道："老伯，您虽然回去了，但把这余先生的信交给小侄，等各位先生回来，小侄送给他们，也见得老伯来走了一回。"王玉辉说："这最好。"于是把信交给邓质夫，自己满怀惆怅，起身回家了。

第十七回

市井出奇人

话说万历二十三年，那南京的名士都已渐渐消磨尽了。此时虞博士那一辈人，有老了的，也有死了的，也有四散去了的，也有闭门不问世事的。花坛酒社，都没有才俊之人；礼乐文章，也不见贤人讲究。那些大户人家讲的无非是些升、迁、调、降的官场；就是那贫贱儒生，做的不过是些迎合考试的八股。哪知市井中间，又出了几个奇人。

一个是会写字的。姓季，名遐年，出身贫寒，常常在天界寺里安身。他的字写得最好，却不学古人的法帖，反而创出自己的格调，但凡有人要请他写字，他三日前就要斋戒一天，第二天磨一天的墨，却又不许别人替他磨。就是写个十四字的对联，也要用半碗墨。用的笔，都是那人家用坏了不要的。到写字的时候，要三四个人替他拂着纸，他才写。他要是不愿意给你写，任你是王侯将相，大把的银子送他，他正眼儿也不看。他每日写了字，得了人家的银子，自己吃过饭，剩下的钱就随便送给不相识的穷人。

有一天，在天界寺吃完饭，看见和尚房里摆着一匣子上好的香墨，季遐年问道："你这墨是要写字的吗？"和尚说道：

“这是昨日施御史的孙儿送给我的,我还要留着转送别的老爷。”季遐年说道:“写一幅好哩。”不由分说,走到自己房里,拿出一个大砚台,拿出一锭墨,舀些水,坐在禅床上磨起来。其实和尚明明知道他的脾气,故意激他写。他正在磨墨,一个小和尚进来向老和尚说道:“下浮桥的施老爷来了。”和尚迎了出去。施御史的孙子已经走进禅堂,看见季遐年,也不理他,就同和尚到那边聊天。季遐年磨完了墨,拿出一张纸,铺在桌子上,叫四个小和尚替他按着。他拿出一管破笔,蘸饱了墨,一气就写了一行。施御史的孙子也来看了一会,就向和尚道别回去了。

过了一天,施家一个仆人到天界寺来,看见季遐年问道:“有个写字的姓季的在这里吗?”季遐年说道:“问他干什么?”仆人说:“我家老爷叫他明日去写字。”季遐年听了,也不回答他,说道:“他今天不在家,我明天叫他来就是了。”第二天,他走到下浮桥施家门口,要进去。门口的人拦住问:“你是什么人,敢往里边跑!”季遐年说道:“我是来写字的。”那仆人从门房里走出来看见,说:“原来就是你!你也会写字?”带他走到大厅,仆人进去回禀施御史的孙子了。施御史的孙子刚走出屏风,季遐年迎头痛骂道:“你是什么东西,敢来叫我写字!我又不贪你的钱,又不慕你的势,又不借你的光,你敢叫我写起字来!”一顿大嚷大叫,把施乡绅骂的闭口无言,低着头进去了。那季遐年又骂了一会,依旧回到天界寺里去了。

又有一个是卖火纸筒子的。这人姓王,名太,他祖代是三牌楼卖菜的,到他父亲手里家境败落了,把菜园都卖掉了。

他从小最爱下围棋。后来父亲死了，他只好靠每天到虎踞关一带卖抽烟用的火纸筒生活。

一天，妙意庵办庙会。那庵临近乌龙潭，当时正是初夏，一潭簇新的荷叶，亭亭玉立地浮在水上，庵里有很多亭台楼阁，那些游人都进来游玩。王太走进来，各处转了一会，走到柳树下，只见三四个人围在一个石台旁下棋。一个穿宝蓝色长袍的人说："我们这位马先生前几天在扬州盐商那里，下的是一局赢一百一十两的棋，他前后共赢了二千多银子。"一个穿玉色衣服的少年说："我们这马先生是天下的国手，只有这卞先生还可以与他为敌。只是我们要学到卞先生的地步，就难了。"王太挨着身子上前去偷看。仆人们看见他穿得破烂，就推推搡搡，不许他上前。底下坐的主人说道："你这样一个人，也懂得看棋？"王太说："我也略晓得些。"撑着看了一会，嘻嘻地笑。那姓马的问道："你笑什么，难道下得过我们？"王太道："勉强能吧。"主人说："你是什么人，竟敢同马先生下棋！"姓卞的说："他既然大胆，就叫他出个丑！才知道我们老爷们下棋是不是他插得上嘴的！"王太也不推辞，摆好棋盘，旁边的人都觉得好笑。那姓马的同他下了几着，觉得他出手不凡。下了半盘，站起身来说道："我这棋输了半子了。"那些人都不晓得。姓卞的说道："看样子，马先生略输了些。"众人很吃惊，就要拉着王太喝酒。王太大笑道："天下哪里还有比下棋更快活的事！我现在心里快活极了，哪里还喝得下酒！"说完，哈哈大笑，头也不回就走了。

一个是开茶馆的，这人姓盖，名宽，本来是个开当铺的人。他二十多岁的时候，家里有钱，开着当铺，又有田地，亲戚们也都是些有钱的。他嫌这些人俗气，每天坐在书房里作诗看书，又喜欢画几笔画。后来画得很好，也就有许多作诗画的来同他来往。他爱才如命，遇见这些人来，就留着吃饭。这些人家里有婚、丧等紧急事，没有银子，来向他说，他都愿意帮助。那些当铺里的管事的，看见主人这样，都说他有些呆气，就在当铺里作弊骗他，于是他的当铺开始赔钱。又遇见水灾，田地接连被水淹了，就有那些混账人来劝他变卖。买田的人嫌田地收成不好，分明值一千两的都出五六百两。他没办法只得卖了。卖来的银子，又不会做生意。钱快花光了，他家的仆人没良心，在院子里放火，把院子里的几万担柴烧光了。那柴烧得一块一块的，就和太湖石一样。那些仆人把这东西搬来给他看。他看见好玩，就留在家里。家里人说："这是会带来霉运的东西，留不得。"他也不肯信，留在书房里。仆人见他越来越穷，也辞职了。

又过了半年，生活艰难，只得卖了大房子，搬进一所小房子住。又过了半年，妻子死了，为了办丧事，把小房子又卖了。可怜这盖宽带着一个儿子、一个女儿，在一个偏僻的小巷内，找了两间房子开茶馆。房子里面一间给儿子、女儿住。外一间摆了几张茶桌子，后檐支了一个茶炉子，右边安了一副柜台，后面放了两口水缸，满贮了雨水。他清早起来，自己生火，把水倒在炉子里放着，依旧坐在柜台里看诗画画。柜台上放着一个瓶，插着些时新花朵，瓶旁边放着许多古书。他家各样的东西都变卖尽了，只有这几本心爱的古书是不肯卖的。有人来坐着喝茶，他丢下书就来拿茶壶、茶杯。茶馆的收入有限，一壶茶只赚一文钱，每日只卖五六十壶茶，只赚得五六十文钱。除去柴米，还能做什么事？

那天正坐在柜台里，一个邻居老爹过来同他谈闲话。那老爹见他十月里还穿着夏天的布衣裳，问道："你家而今也算十分艰难了，从前有多少人受过你的恩惠，而今都不到你这里来走走。你这些亲戚本家，家境总还是好的，你何不去跟他们商量商量，借点本钱，做些大生意过日子？"盖宽说道："老爹，'世情看冷暖，人面逐高低'。当初我有钱的时候，身上穿的也体面，不只是我，连跟的仆人穿的都齐整，和这些亲戚本家在一块，他们觉得脸上有光。而今我这样，走到他们家去，就是他们不嫌我，我自己也觉得可厌。至于老爹说有受过我的恩惠的，那都是穷人，哪里还有钱还我！还有一些如今早去找有钱的人去了，哪里还肯到我这里来！我如果去找他，只是自取其辱，有什么意思！"邻居见他心中苦恼，于是说道："你这个茶馆里冷清清的，今天也没什么人来了，趁着好天气，我和你到南门外走走，我带个几分银子做东请客，吃个便饭。"盖宽说道："那最好，又打扰你老人家了。"

说着，叫了他的小儿子出来看着店，他便同那老爹一路步行来到南门。在小酒店里吃了五分银子的素菜。那老爹付了账，两个人来到报恩寺游览一番，又到门口买了一包糖，到宝塔背后一个茶馆里喝茶。邻居老爹说："而今时世变了，报恩寺的游人也少了，连这糖也不如二十年前给得多。"盖宽说道："你老人家七十多岁年纪，不知见过多少事，而今不比当年了。像我也会画两笔画，要是当时虞博士那一班名士在，哪里会愁没碗饭吃！没想到如今艰难到这步田地！”那邻居说：“你不说我也忘了，这雨花台左面有个泰伯祠，是当年句容一个叫迟衡山的先生盖造的，那年请了虞老爷来拜祭，好不热闹！当时我才二十多岁，挤着来看，连帽子都被人挤掉了。而今可怜那祠也没人照顾，房子都倒掉了。我们喝完了茶到那里去看看。”

说着，又吃了一碟豆腐干，交了茶钱走出来，从山岗上走到雨花台左边，望见泰伯祠的大殿已经倒了半边。来到门前，五六个小孩子在那里踢球，两扇大门倒了一扇，躺在地下。两人走进去，三四个乡间的老妇人在那丹墀里挑荠菜，又到后边，五间楼连楼板都少了一片。两个人前前后后走了一圈，盖宽叹息说：“这样的名胜，如今如此破败，就没有一个人来修理。多少有钱的，拿着整千的银子去盖僧房道院，哪一个肯来修理圣贤的祠堂！”邻居老爹道：“当年迟先生买了多少东西，都是古老样式的，锁在这楼底下的大柜子里，而今连柜子也不见了！”盖宽说道，“这些往事，提起来令人伤感，我们不如回去吧！”两人慢慢走了出来。又顺便去登雨花台，望着隔江的山色，葱翠鲜明，那江中来往的船只，帆樯历历可数。那一轮红日，沉沉的傍着山头下去了。两个人缓缓地下了山，进城回去。盖宽依然卖了半年的茶。第二年三月，有个人家出了八两银子的薪金，请他到家里教书去了。

还有一个是做裁缝的。这人姓荆，名元，五十多岁，在三山街开着一个裁缝铺。每天替人家做活，余下来的工夫就弹琴写字，也极喜欢作诗。他的好朋友问他说："你既要做文雅的人，为什么还要做裁缝？怎么不同学校里的人交往？"他回答说："我也不是要做文雅人，只是因为性格原因，所以才常学学。至于我们这个贱行，是祖辈遗留下来的，难道做裁缝会玷污诗文不成？而今我每天赚六七分银子，吃饱了饭，要弹琴，要写字，什么事都由得我，又不贪图人的富贵，又不用看别人的脸色，天不收，地不管，好不快活？"朋友们听了他这一番话，也就不和他亲热了。

一日，荆元吃过了饭，没什么事，一路走到清凉山来。这清凉山是城西极幽静的地方。他有一个老朋友，姓于，住在山背后。那于老者也不读书，也不做生意，养了五个儿子，最大的四十多岁，小儿子也有二十多岁。老者带着他五个儿子灌菜园。那园子有二三百亩大，中间空隙的地方，种了许多花，堆着几块石头。老者就在那旁边盖了几间茅草房，亲手种植几棵梧桐。老者看儿子灌了园子，就到茅草房生起火来，煨茶喝。这一天，荆元走了进来，于老者上前去说道："好些日子不见老哥来，生意忙吧？"荆元说道："正是。今日才有空，特地来看看老爹。"于老者说道："恰好烹了一壶现成茶，请用一杯。"于是斟了一杯送过来。荆元接过来，坐着喝，说："这茶，色、香、味都好，老爹哪里取来这样好的水啊？"于老者说道："我们城西和你们城南不同，到处都有甘甜的井水和泉水。"荆元说道："古人动不动就说在桃源避世，我想起来，哪里要什么桃源？只要像老爹这样清闲自在，住在这样城市的山林中，就是现在的活神仙了！"于老者说道："只是我太老，一样事也不会做，怎么能像老哥你会弹琴，近来想必你是越发弹的好了，什么时候也教一教我？”荆元说道：“这也容易。老爹不厌弃，明天我把琴拿来。”又说了一会，辞别回来。

第二天，荆元抱着琴来到园里，于老者已焚下一炉好茶在那里等候。彼此见面后又说了几句话。于老者替荆元把琴放在石凳上。荆元坐在地下，于老者也坐在旁边。荆元慢慢地和了弦，弹起来，曲调铿锵有力，那些鸟雀听到，都栖息在枝头静静地听。弹了一会，忽变为徽音，声音凄清宛转。于老者听着，不觉得凄然泪下。从此，两人常常往来。这就是市井四奇人的故事：风流云散，贤豪才色总成空；薪尽火传，工匠市俗都有韵。

转眼间到了万历四十三年，天下承平已久，读书人研习八股，追名逐利，像虞博士、杜少卿、庄绍光等人早已被遗忘。而万历皇帝更是久居深宫，整日求神问药祈求长生不老，成年不与群臣见面，各省即使有水旱灾害，流民载道，督抚递上奏折，也无法面见皇帝。

这一天是万历四十三年五月二十四日，内阁突然收到皇帝的上谕，写着：朕即位以来，四十余年，宵衣旰食，兢兢业业。夫欲富国强兵，首先选用人才。昔日秦穆公不能用周礼，诗人讽刺之。今岂有贤智之士处于山野？如若不然，何以不能臻于夏商周三代之兴盛。诸臣应各抒所见、条列上奏、不拘忌讳，朕将择贤采纳。钦此。

过了三日，御史单扬言上了一个奏疏，写道：

臣闻人才之盛衰，关乎国家之隆替。皇上求贤若渴，实为国家之幸。夫人才之用，应不拘资格。我朝太祖高皇帝定天下，开科取士，设立翰林院，儒生之得中此选者，不过数年即可跻身朝臣之列。

然则天下之人才限制于资格，则得之者少，失之者多。臣闻唐朝有于诸臣身后追赐进士之先例，皇上求贤之心，可昭日月，已故之儒者何妨享此恩泽？诸儒者生不能入于玉堂，死何妨提于金榜。伏乞皇上，悯其沉抑，广布殊恩，遍访海内已故之大儒，考其品行，查其文章，不论男女，不论身份，均赐进士及第，授翰林院职衔，使沉冤抑塞之士能仰皇恩。微臣愚罔，冒昧陈言，伏乞陛下明察。

奏疏递上去不久，万历皇帝批准了，于六月初一日下旨，命大学士同礼部访查已故儒者的诗文、品行，以便追加进士头衔。礼部将行文发到各省，各省的督抚将行文发到司道，司道又将行文发到各府、州、县。访查了一年后列了名单，逐一上报，万历四十四年六月二十三日，各部尚书与大学士商议后，共列出全国已故儒者九十一人，上奏皇帝。

二十六日皇帝下旨：

虞育德（南直隶常熟县人）赐第一甲第一名进士及第，授翰林院修撰。庄尚志（字绍光，南直隶上元县人）赐第一甲第二名进士及第，授翰林院编修。杜仪（字少卿，南直隶天长县人）赐第一甲第三名进士及第，授翰林院编修。萧采（字云仙，四川成都府人）等赐第二甲进士出身，俱授翰林院检讨。沈琼枝（南宣隶常州府人）等赐第三甲同进士出身，俱授翰林院庶吉士。于七月初一日揭榜晓示，遣礼部尚书于国子监设坛祭祀。钦此。

到了七月初一日黎明，礼部门口贴出一张写有五十五个名字的金榜来，其中虞博士、庄绍光、杜少卿、萧云仙、武书、蘧景玉、沈琼枝、盖宽、荆元、季遐年、王太等人均榜上有名。

这一日，礼部尚书刘进贤奉旨来到国子监里，戴了官帽，穿了官袍，摆齐了祭品，上来拜祭。太常寺官便读悼文，其中写道：

维万历四十四年岁次丙辰，七月朔，宜祭祀，皇帝遣礼部尚书刘进贤以牲醴玉帛，致祭于翰林院修撰虞育德等人之灵。

朕甚悯其命运多舛、人生蹉跎，特加恩，赐进士中第，授官翰林院。呜呼！兰因芳陨，膏以明煎，维尔诸臣，荣名万年。尚飨！词曰：

记得当时，我爱秦淮，偶离故乡。向梅根冶后，几番啸傲；杏花村里，几度徜徉。凤止高梧，虫吟小榭，也共时人较短长。今已矣！把衣冠蝉蜕，濯足沧浪。无聊且酌霞觞，唤几个新知醉一场。共百年易过，底须愁闷？千秋事大，也费思量。江左烟霞，淮南耆旧，写入残编总断肠！从今后，伴药炉经卷，自礼空王。

通俗演义『云上藏书阁』
读经典故事 感悟人生智慧
「01」历史人物杂谈
开拓视野，趣听人物故事。
「02」古代常识宝库
深入品读，了解故事背景。
「03」观影百家讲坛
专家精讲，座谈传统文化。